僕のあしなが王子様
「…あま…い…」

それがハチミツだ、と分かったのは、蜜を絡めた彼の指が僕の唇を撫でたから。

「ええ…でも、あなたの唇の方が…もっと甘くて…おいしい…」

「ふぅん…ん…」

# 僕のあしなが王子様

河合ゆりえ

14713

角川ルビー文庫

CONTENTS

口絵・本文イラスト／明神　翼

# 序章

人は　生まれるのではなく　生まれさせられるのだと
あまりに有名なその詩を読んだ時　そう口の中で呟《つぶや》いた
詩が語る事がすべてなら
自分の意思ではないのになぜ　みんな生きていくのだろう
でも　その時
なぜだかわからないけれど強烈《きょうれつ》に思った
自分は　あの人に会うために
あの人を好きになるために生まれたのだと
そう考えたら　心の奥から何だかわからない　勇気みたいなものが生まれた
たとえ　この思いが叶《かな》わなくてもかまわない
あの日
あの人が握《にぎ》り締《し》めてくれた手の強さと温《ぬく》もりだけで
それだけで生きていけるから

# 第一章

「――警察の者ですが」

最初、何かの間違《まちが》いだと思った。でなければドッキリカメラか何か？

落ち着いて考えてみれば、今時ドッキリカメラなんてものが存在しているのかはなはだ疑問だけれど、その時僕はそんな馬鹿《ばか》みたいな考えに縋《すが》ってしまうほど混乱していた。

だって、たった一人の家族である父さんが事故で死んだと聞かされたのだから。

「お母さんは？　お留守ですか？」

父さんの訃報《ふほう》を知らせに来た二人の警官のうちの一人が、世間的に当然いるはずの母親の存在を尋《たず》ねる。しかし両親は僕が三歳の時に離婚《りこん》したので、僕には母親がいない。

共に留学していたイギリスで出会った彼らは、かの地で学生結婚《けっこん》をしたそうだ。そして僕が三歳になる頃《ころ》、母さんは留学先の大学に講師として採用が決まり、父さんは日本の私立学校で英語教諭《きょうゆ》の職を得た。

お互《たが》いの人生を尊重しあう――それが二人の信条だったから、彼らは話し合いの末に離婚を決め、父さんは僕を連れて帰国した。それから僕は母さんと一度も会ったことはない。

「家族は…僕だけです」

そんな事情を長々話してもしようがないので、僕が短くそう答えると、彼らは途端《とたん》に悪い事を聞いてしまった、という顔をした。

それは僕の家庭事情を聞いた人が必ず見せる表情で、僕はその度《たび》に不思議な気分になる。

僕は今まで自分に母親がいないことを寂《さび》しく感じたことなんて無い。父さんと過ごす時間がもう少し長くなればいいのにな、と思うことはあったけれど。

「それでは、遺体の確認《かくにん》をお願いできますか？」

「…はい」

ドアを開けると、雨の音が聞こえた。マンションの吹《ふ》き抜《ぬ》けに渦巻《うずま》いていた二月の風が頰《ほお》に当たり、痛みを伴《ともな》うその冷たさは悲しいまでの事実を僕に叩《たた》きつけているようだった。

僕と父さんの時間は永遠に止まり、僕はもう二度と彼に会えないのだ、と。


父さんの葬儀《そうぎ》が無事に終わった後、僕がふらりと外に出たのは、ほんの思い付きだった。弔《ちょう》問客《もん》が去ったマンションの部屋に、一人でいるのがとても辛《つら》かったせいかもしれない。

あてどもなく歩くうちに見つけた公園は、ブランコと砂場の他《ほか》にこれといった遊具もなく、通りから見るとすべてが見渡《みわた》せるくらいの、小さなものだった。

誘《さそ》われるようにふらふらとそこへ入った僕は、奥にあるブランコの一つに腰掛《こしか》けてみる。ゆっくりと漕《こ》ぎ出したブランコの動きに合わせて、僕の思考もゆらゆら揺《ゆ》れていく。

父さんが准教授として勤めていた大学の関係者を始め、葬儀に来てくれた人々は、僕の他に身寄りらしい身寄りがいない父さんの家庭の事情も知っていた。

彼らは僕を気遣《きづか》う陰《かげ》で、誰が僕を引き取るのかと噂《うわさ》し合い、それは小波《さざなみ》のように僕の耳にも入ってきていた。

そして、実の母親がいる以上、何も心配する必要はないらしい、という結論も。

火葬場《かそうば》に到着《とうちゃく》した時、イギリスにいる母さんと連絡《れんらく》が取れたとの知らせが入った。

しかし喜んだのも束《つか》の間、肝腎《かんじん》の母さんが一週間前から研究調査の為《ため》に、遠く中南米の島々へ行っていて、あと二週間は身動きが取れないことが判明した。

その上、母さんは再婚《さいこん》をして名前が変わり、今は新しい家族がいた。中南米へ行っているということは、電話に出た母さんの今の旦那《だんな》さんが教えてくれたのだそうだ。

いつか母さんとは会うつもりでいたけれど、まさかこんな形でなんて。

僕はこの数日、母さんと暮らす自分を思い浮《う》かべては、不安のあまりため息ばかりついてしまっていた。

皆《みな》が思う通り、肉親である母さんと暮らす事が一番良いことなのかもしれない。

けれどその一方で僕は、顔もおぼろげな状態の母さんといきなり一緒に暮らすということに、戸惑《とまど》いを感じずにはいられない。

何より、僕には遠い外国で別の人生を歩む彼女の世界に溶《と》け込む事が、ひどく難しい事のように思えてならなかった。言葉や習慣を始め、様々な事が今と同じではなくなるのだから。

「イギリスの高校って、どんな感じなんだろ…せっかく先週、志望校に合格したのに、な…」

他の人からすれば、ほんの些細《ささい》な事。でも僕は、せっかく受かった高校に行けなくなる事も残念で堪《たま》らない。

油が差されていないブランコが、揺れるたびに小さくキィ、と軋《きし》みを上げる。それはまるで心の痛みのようで、僕は漕ぐのをやめる。

「ふう……？」

ため息にも似た一息をついた時、どこからか、か細い鳴き声が聞こえた。僕はきょろきょろと辺りを見回すと、すっかり暗くなった公園内を、再び聞こえてきた弱く響《ひび》く音を頼《たよ》りに歩いてみる。

僕がいたブランコから見て斜《なな》め右側に、小高い丘を利用して造られた藤棚《ふじだな》があった。四方を煉瓦《れんが》の支柱で囲むそこへ続く階段を上がってみると、隅《すみ》のほうに小ぶりの段ボール箱が置いてあった。ふたを開けると、そこにいたのは目ばかりが大きい、痩《や》せた雉虎柄《きじとらがら》の子猫《こねこ》。

思わず抱《だ》き上げた僕は傍《かたわ》らにあったベンチに座り、その小さな体を撫《な》でると、子猫は寒さのためか体を震《ふる》わせて僕の手に身を擦《す》り寄せてくる。

「お前も、一人なんだね…」

そう呟いた僕の頬に当たる、冷たい感触《かんしょく》。顔を上げると頭上にうねる藤《ふじ》の枯《か》れ枝の間から、粉雪が静かに舞《ま》い落ちてくるのが見えた。

僕はカンガルーの母親よろしく、急いで子猫をダッフルコートと下に着ていた学生服の間に避難《ひなん》させた。けれど僕が感じる寒さは、その小さな温もりではとても補いきれない。

早く帰らなきゃ。頭の中ではわかっていた。けれど、悲しみだけしかないあの部屋へ帰ることを考えると、僕はベンチから立ち上がることができなかった。

しん、と静まり返った夜の公園はまるで深海のようだ。暗く静かな空間は、僕の中のマイナス部分、とりわけ寂しさが重石《おもし》となって、気分すべてをゆっくり沈《しず》ませていく。

とるべき道はとっくに決まっているのに、僕はどうしようもなくぐずぐずしている。こんな姿を父さんが見ていたら、きっと悲しむに違《ちが》いない。

「…っ…ふっ…う…っ」

葬儀の間中、僕の双眸《そうぼう》からはこみ上げるものも流れ落ちるものもなかったのに、ここにきて急に涙《なみだ》が溢《あふ》れてきて、零《こぼ》れ落ちた雫《しずく》は次々と頬を伝う。

こんなところで泣いていたら、きっと近所の人が不審《ふしん》に思う。けれど声を押し殺そうとすればするほど嗚咽《おえつ》が漏《も》れ、一度堰《せき》を切った僕の悲しみは簡単に落ち着くことは無かった。

だから、藤棚に近づく誰かの靴音《くつおと》を認めた時、僕はまずい事になった、と頭では考えたけれど、涙は相変わらず流れっぱなしのままだった。

僕へと向かって近づいてきたその人物は藤棚へ続く階段を上がり、なぜか僕のいるすぐ傍《そば》で歩みを止める。俯《うつむ》いていた僕の視界にかろうじて映るのは、艶《つや》やかな黒い革靴の先だけ。

無言のまま顔を上げた僕の目に飛び込んで来たのは、一目で高価そうだとわかる黒いコートに身を包んだ、背の高い男の人。

年の頃は二十代半ばくらい。軽く後ろへ流していた髪が、風に煽《あお》られて少し乱れている。

彼の、ファッション雑誌から飛び出してきたようなスタイルの良さもさることながら、何より僕が惹《ひ》きつけられたのは、彼の眼差《まなざ》し——どこか懐《なつ》かしくて、どこか哀《かな》しい。

明るいとはいえないこの場所でもはっきりわかる、静かで深い愁《うれ》いが秘《ひ》められたその鳶《とび》色の瞳《ひとみ》を持つ彼に、僕は誰だろう、とか何の用だろう、とかそんな事を考える余裕《よゆう》はなかった。

ただただその人の端整《たんせい》な顔をバカみたいに眺《なが》めていた。

「…征也《ゆきや》さん、ですね？」

彼が僕にかけた最初の言葉は驚《おどろ》くほど丁寧《ていねい》なもので、その柔《やわ》らかな低音の響きに、僕は警戒《けいかい》心も忘れて頷《うなず》いていた。

「家にお伺《うかが》いしたら、鍵《かぎ》が開いていて…」

「あ、鍵…かけ忘れて…」

「取り越《こ》し苦労《ぐろう》だとは思ったんですが…とにかく、ご無事でよかった」

僕を必死で捜してくれていたことが、彼の額に薄《うっす》ら滲《にじ》む汗や、安堵《あんど》するような微笑に込められていて、僕の目から再び溢れた涙が零れ落ちる。

彼が誰なのかわからない。でも、心から心配して僕を見つけようとしてくれたことが無性《むしょう》に嬉《うれ》しかった。

「すみ…ません…」

鼻水を押さえる為にハンカチを探す僕を見て、彼は、自身のハンカチを差し出してくれた。

「これを使って下さい」

彼が取り出したやわらかなミント色のそれは、コートから覗《のぞ》く艶やかなネクタイと同じ色。

僕にはスーツやネクタイの値段なんてよくわからない。でも、彼の着ているものはもちろん、ハンカチでさえ、とても質の良いものに見えて、そんな上等なもので鼻水を拭《ふ》いてもいいのだろうかと戸惑ってしまう。

「あの、僕の顔、ぐちゃぐちゃだしっ…汚《よご》れちゃうから…」

ハンカチを持ったその人の手をじっと眺めているだけの僕の横に、彼は静かに腰掛けると、僕の濡《ぬ》れた目元や頬を、手にしたハンカチで優《やさ》しく拭いてくれた。

「あ…」

「そんなことを気にしなくてもいいんですよ」

驚いて顔を逸《そ》らそうとした僕の頬に、彼はハンカチを持っていない方の手でそっと触《ふ》れると、ゆっくりとした手つきでハンカチを動かした。

「それにね、人は泣くべき時に泣かないと、心が死んでしまいます」

『泣くべき時に泣かないと、心が死んでしまう』──それは父さんがいつも言っていた言葉。悲しみを我慢《がまん》しすぎると人間は駄目《だめ》になってしまう。時には声を上げて泣くことも必要なんだよ──幼い頃《ころ》、そう父さんは僕に話してくれた。もし、そうして泣いている人がいたら手を握《にぎ》り、抱きしめてあげるんだ、と続けて。

「……あなたは、僕の父さんを知っているんですか?」

次々と溢れてくる涙で彼の顔がぼやける。彼は僕の涙を拭きながら、優しく微笑んだ。

「あなたのお父さん…川原《かわはら》先生は、俺の中学・高校時代の先生でした。…心の底から『先生』と呼べる、唯一《ゆいいつ》の人です」

俯いた彼は、続いて仕事で葬儀《そうぎ》に出られなかったことを僕に詫《わ》びた。

「僕のことは…?」

そんなことより、彼はどうして僕が父さんの息子《むすこ》だとわかったのだろう?

僕がそれを問うと、顔を上げたその人は僕の顔をじっと凝視《ぎょうし》していたが、やがて小さく笑うと視線を逸らす。

「授業中、先生はいつもあなたのことを話していました。俺はその当時、小さかったあなたに会ったこともありますよ」

大きくなりましたね、だけどすぐにわかりました。そう言いながら彼は僕の肩《かた》を抱く力を強め、僕はほとんど彼に抱きしめられたような恰好《かっこう》になる。

その途端《とたん》、香水《こうすい》だろうか、彼からふわりと漂《ただよ》う柔らかな香《かお》りが僕を包む。

その香りに、僕は何故《なぜ》だかとても安心した。そして僕の肩を抱く彼の手のひらの温《ぬく》もりは、その気持ちを何倍にもするくらいのもので。

でもおかしなことに、それらは僕の涙腺《るいせん》を大きく刺激《しげき》し、僕は彼の胸の中で盛大に泣き出してしまった。

「父さん…父さん…」

僕はずっと、こんな風に声を上げて泣きたかった。でも、一度泣いてしまったら最後、涙が止まらなくなるような気がして、怖《こわ》かった。

「征也さん、泣きたいだけ泣いたらいいんです。俺が傍にいますよ…」

けれど今、彼の言葉が僕の耳元で穏《おだ》やかに響き、それはまるで天から降ってきたもののようで、僕は肩を震わせながらも少しだけ顔を上げた。

「大丈夫《だいじょうぶ》。何も心配はいりませんから」

僕を見つめる彼の瞳は、混乱の嵐《あらし》に呑《の》まれそうな心を導く北極星のようだった。彼が傍にいて涙を拭いてくれたら、もう泣くのが怖い事だと思えなくなる。

僕の目にはまだ涙が残っていたけれど、唇《くちびる》はゆっくりと微笑みに向かっていた。

「さあ、風邪《かぜ》を引いたら大変ですから、もう行きましょう」

僕が泣きやんだ後も彼は肩を抱《だ》いていてくれたが、しばらくするとそう言いながら立ち上がった。その時、彼の体が離《はな》れてしまうのを残念に思った僕は、その事に少し狼狽《うろた》えてしまう。

「さ、征也さん」

まるでエスコートをするように彼の手が僕の右手を摑《つか》み、僕の体をベンチから引き上げてくれる。僕は心が弾《はず》む思いでコートの中の子猫を左手で支えると、彼の手を握り返した。

「そういえば肝腎《かんじん》なことをお話ししていなかったのですが…」

階段を下りる途中《とちゅう》、ふいに彼は立ち止まり、振り返った僕を見上げる恰好で口を開いた。

「何ですか?」

僕を見上げたまま、彼は少し躊躇《ためら》うような仕種《しぐさ》を見せた。僕らの吐く息だけが沈黙《ちんもく》の中、風に煽られ、寒空に流れていく。

「俺が征也さんのところへ来たのは、佐和子《さわこ》さん…つまりあなたのお母さんから頼《たの》まれたからなんですが…」

「え…あなたは、母さんも知っているんですか?」

彼が何者なのか、というマジックの種は意外に単純なものだった。彼は、彼の意思で僕のところへ来たわけではなかった——僕の中でその事実が、なぜか落胆《らくたん》を誘《さそ》う。

「彼女には先生を通じて…留学していた時代にお世話になりました。佐和子さんは中南米から電話で、身動きの取れない自分に代わって、征也さんの元へ行ってほしい、と…征也さん？」

繋《つな》いだ手から、急速に力が抜《ぬ》ける。僕は後ずさるように後ろ足で階段を上り始め、一歩、また一歩と、驚きに目をみはる彼から離れていく。

僕は、急に彼に近づくのが怖くなった。

先程までのふわふわとした気分は消し飛び、薄《うす》い氷の上を歩いていく——そんな張り詰《つ》めた緊張感《きんちょうかん》が、僕らの間に横たわっていく。

「征也さん、佐和子さんはあなたと一緒に暮らしたがっています。でも、彼女はあなたの気持ちを尊重したいと…」

「僕の気持ちって！…そんな…そんなの…」

僕は彼の言葉を途中で遮《さえぎ》ったが、それから何をどう言えばいいのかわからず、喘《あえ》ぐように言葉を吐き出すだけしかできない。

「お母さんと暮らしたいですか？　それとも、嫌ですか？」

僕を見上げた彼は、無理に傍《そば》に来ようともしなかったが、話をやめようともしなかった。シンプルに答えを求める彼の尋《たず》ね方に、僕は答えを探して心の中を見つめ直す。

「嫌…とか、そんな風に思える程《ほど》…僕は母さんの事、何も…」

知らないのだ。母さんがどんな食べ物が好きで、どんな花が好きなのか。家族なら当たり前のように知っている事を何一つ僕は知らない。

わからないことに後ろめたさを感じる気持ち。僕の心の奥にあるものは、それだけじゃない。

「…覚えていないんです…自分の母親なのに、顔さえまともに……！　その人を、『お母さん』って、ちゃんと…呼べるのか…っ」

父さんが死んでから、自分の居場所がどんどんなくなっていくような気がしていた。僕にとって母さんの存在が今や唯一の拠《よ》り所のはずなのに、その事自体、とても不安で。

「でも僕は子供だから…これからの事を僕が決めることは…できない、でしょう？」

彼は何も悪くない。ただ、母さんの代理で僕のところへ来ただけだ。なのに僕は彼を睨《にら》み付けるようにして泣き言をぶつけてしまう。

僕を見つめる彼の瞳《ひとみ》に、同情も、苛立《いらだ》ちもない。ただ、何か深く考え込むように、時折口元に手をやるだけだった。

「そりゃ、本音を言うとイギリスに行くのは嫌です。英語なんて話せないし、合格した高校にも行きたかったし、洋食より和食が好きだし…」

沈黙に耐《た》え切れなくなった僕はそう早口にまくし立てたが、並べ立てた理由は、小さい子がダダをこねているみたいなものだ。

彼は内心呆《あき》れているかもしれないと、僕は途中から下を向き、言葉尻《じり》は小さく掠《かす》れてしまう。

「…じゃあ、俺と住む、というのはどうですか？　他人という意味では佐和子さんと少し違《ちが》いはありますけれど、少なくとも他《ほか》の希望はすべてクリアしていますよ？」

彼は、まるで予想もしないことを言い出した。僕はそのあまりに突拍子《とっぴょうし》も無い提案を、下を向いたままで数回反芻《はんすう》してみたが、やっぱり理解できない。

「征也さんが行かれる高校は、どこにあるんですか？」

僕が小さな声で、合格した高校の所在地を口にすると、すぐに彼の満足そうな吐息《といき》が聞こえてきた。

「そこなら、俺の家から十分通える距離《きょり》です。…古くて小さいですが、俺以外住んでいる人間はいませんから、征也さんも自由に暮らせると思います」

「そんな…！　そんな事！」

そんな夢みたいな話があるはずないと、僕は瞬時《しゅんじ》に顔を上げ、フルフルと首を振る。

今は僕に同情しているだけ。そのうち僕のことを面倒《めんどう》くさいと思うに決まってる。

僕は無理にでもそう思い込もうとした。そうでもしないと、必死に積み上げる僕の心の砦《とりで》は、簡単に崩《くず》れ落ちてしまうから。

本当はそうであってほしくないと、祈《いの》るように思っているのに。

けれど目の前の彼は僕の態度に怒《おこ》りもせず、何か思案するように唇を噛《か》んでいたが、やがて凛《りん》とした声が夜空に響《ひび》いた。

「…今すぐ俺のことを信用してもらうのは無理だとわかっています。でも、俺はあきらめの悪い性格ですから、このまま黙《だま》って帰ることなんて出来ません」

瞬《まばた》きをした途端すべてが消えてしまいそうで、僕は目を見開いたまま彼を凝視《ぎようし》していた。

カチカチ、と寒さではない震《ふる》えで僕の歯が小さく音を立てる。

「俺と住むのが嫌なら保証人になりますから、それで一人暮らしをする、という手段もあります。…征也さん。選択肢《せんたくし》は、無数にあるんですよ？」

「でも、僕は…」

彼の言葉一つ一つが僕の心をかき乱し、混乱させる。急激な波が襲《おそ》い掛《か》かってきたようで僕はギュッと目を瞑《つぶ》ると、今一度彼の言葉を打ち消そうとした。

「…征也さんが、選んでください」

しかし彼の声が、僕の揺《ゆ》れ動く心に制止の杭《くい》を打つ。

「征也さんだけが、選べるんです」

彼はあくまで僕に選択《せんたく》権を委《ゆだ》ねる。決定しなければいけないのは僕自身で、周りの大人《おとな》ではないのだと。

イギリスに行くか。

一人暮らしをするか。

彼と一緒に暮らすか。

答えは出ているような気がしたけれど、僕には今一歩踏《ふ》み出す勇気がなかった。

「…！」

ゆっくり、彼の手が差し出される。言葉もなく、僕へと伸《の》ばされたその指先は一筋の光のように、雪が舞《ま》い散る闇夜《やみよ》を切り裂《さ》いて、ただまっすぐに向かってきた。

「俺のところへ、来てくれませんか」

もう一度、彼が言う。僕は自分の意思で階段を下り、その光へと手を伸ばした。

「…自己紹介《しょうかい》がまだでしたね。俺の名前は、九条雅孝《くじょうまさたか》といいます」

くじょう、まさたか、さん。口の中で彼の名前を繰《く》り返してみる。すぐに僕にとってその名前は、特別な響きとなって胸に沁《し》み込んでいった。

「よろ、しく…お願いしま、す…」

ちゃんと挨拶《あいさつ》をしなきゃ、と思うのに、彼に触《ふ》れられた部分が熱を持ったように熱くて、そこから全身が燃え出すんじゃないかと思う程、僕はその熱さにくらくらしてしまう。

「こちらこそ。…そして、あなたもね」

雅孝さんは僕の手を優《やさ》しく握《にぎ》りながら微笑《ほほえ》み、いつの間にか僕の胸から顔を出した子猫の小さな前足を、そっと握った。


これが、僕と雅孝さんの出会いだったんだ――。

# 第二章

一日の終わりとも言えるHRが終わると、先程まで静かだった教室は途端《とたん》に騒《さわ》がしくなった。特に昨日期末テストが終わり、来週には夏休みを控《ひか》えているせいか、クラスの中にはどこか解放感が漂《ただよ》っているみたいだ。

「川原」

そんな中、少し大きめの声で名前を呼ばれて、僕は声のした方へ振《ふ》り返《かえ》った。

「はい」

教室から出て行こうとしていた担任は、入り口から殆《ほとん》ど体が出た状態――『言い忘れていたのを思い出したけど、体はもう外に出ていました』という中途半端《ちゅうとはんぱ》な恰好《かっこう》のまま、首だけ僕のほうへ向けていた。

「職員室」

その体勢が苦痛だったのか、教師は暗号のような言葉だけ残して姿を消してしまう。

「『言葉の乱れは心の乱れ』っていっつも言ってんのにさ」

その状況《じょうきょう》を一緒《いっしょ》に見ていた、僕の前の席に座る小田公一《おだこういち》は、国語担当である担任が常に言う言葉を呆れ半分にボソリ、と呟《つぶや》く。

「ほんとにね」

担任の残した言葉が『職員室へ来なさい』という意味合いだと理解した僕は、そう相槌《あいづち》を打ちながら、机の上に出していた教科書やノートを鞄《かばん》の中に入れた。

「呼び出しって、川原何かしたの？」

「大丈夫《だいじょうぶ》？」

「俺、ついて行こうか？」

さっきまで騒いでいたクラスメイト達が、僕の周りに次々と集まってきた。

「大丈夫だよ。まあ、理由は思いつかないけど、そんな怒られるようなことした覚えないし…第一まだ入学して三ヶ月しか経《た》ってないんだよ？」

彼らの表情はどれも『気の毒』『心配』と言いたげで、たかだか教師に呼び出された事に対して取る態度にしては大袈裟《おおげさ》すぎる。

「…あ、そっか！　川原って、外部組だったんだよね！」

しかしもっと驚《おどろ》いたのは、僕が言った事に対して皆一様にきょとん、とした目付きになった後、一人が素《す》っ頓狂《とんきょう》な声で叫《さけ》んだ事だった。

僕の通っている高校は幼稚園から大学までの一貫《いっかん》校で、僕のような外部から――特に高校からの編入は珍《めずら》しい。

けれど、それが今の話とどう繋《つな》がるのだろう？

「征也、こいつら悪い意味で言ったんじゃないよ？　なあ？」

そっかそっか、と頷《うなず》き合っている彼らへの、僕の怪訝《けげん》な表情に気付いたのか、傍にいた公一が笑って皆に、説明するよう促す。

「うん。あの、うちの職員室ってさ、初等からの先生がずら一っといるだろ？　呼び出されるとさあ、運が悪いとそこにいる歴代の担任全員に怒られるんだよねー」

「俺なんてこの間、ただ授業の準備でプリント受け取りに行っただけなのに、中等二年の時の担任に『小田、またお前何かやったのか！』って言われるんだもんなあ…」

「それはおもしろい…って違《ちが》うか。災難だったね」

毎年クラス替えがあるわけではないらしいが、少なくとも五、六人の教師達に取り囲まれる図を想像して僕が渋《しぶ》い顔をすると、みんなはそうだろ？　と苦笑いをする。

「でも川原は高等部からだから、そんな心配はないから大丈夫！」

「ま、なんかあったら俺達に言いな。ある程度の事は何とかなるから」

「ありがとう。とりあえず行ってくるよ」

何だか励《はげ》まされているのか脅《おど》かされているのかわからないが、僕は皆に礼を言うと教室を後にした。


「ま、ここに座って」

僕は入り口から見て、右手奥に座っている自分の担任の席まで行くと、彼は横にある別の教諭《きょうゆ》の椅子を引っ張り、僕に勧《すす》めてくれた。

皆の言う通り、各ブロックに分かれてそれぞれ初等、中等、高等部の教師達がずらりと座っている職員室は横長に広く、天井《てんじょう》が高かった。

一つの場所にこれだけの人数がいるにもかかわらず、中にいてあまり狭《せま》く感じないのは、職員室自体が一つの建物になっているせいだろう。

「話というのはな、明日の事なんだが」

「はい…」

担任が言いたい事はすぐにわかった。

僕の通う学校は一学期毎《ごと》に締《し》めくくりとして、教師と保護者を交えた三者面談を行う。

三日間執《と》り行われるその行事に、家族の中の誰が出席するのかを問う用紙を先日配られたばかりで、僕はそれに無記入のまま提出したのだ。

「特に川原の場合、入学して初めてのことだし、保護者が欠席というのは…」

「でも母はイギリスにいるので…」

僕の家の事情は当然学校側に知られている。一体どうしろと？　と思いつつ、僕の頭には母さんと初めて対面した時の状況が浮《う》かんできた。

雅孝さんと出会ったあの夜から数日後、僕は空港の到着《とうちゃく》ロビーで母さんを待っていた。

母さんにとって、十数年ぶりに見る息子《むすこ》の最初の姿が、緊張《きんちょう》のあまり真っ青な顔をして、傍《かたわ》らの雅孝さんに両手を握られていた、という何とも恥ずかしい光景だったのは、申し訳なかったけれど。

僕の今までの不安は危惧《きぐ》でしかなく、実際に会った母さんは、いつか父さんが見せてくれた古い写真から美しく年齢《ねんれい》を重ねた、聡明《そうめい》な女性だった。

母さんの滞在《たいざい》期間は短かったが、僕らは十分再会を喜び合うことができたと思う。そして母さんは雅孝さんに、僕のことをよろしくと何度も頼《たの》みつつ、イギリスへ戻《もど》っていった。

そして僕は中学を卒業し、高校へ入学する直前、四月の初めに雅孝さんの家へと移り住んだ。

雅孝さんは引っ越《こ》してきた僕を、この上ない笑顔《えがお》で温かく迎《むか》えてくれたっけ…。

「…で、その…代理人の九条さんは？」

「くじょう、さん、ですか？」

僕は回想に浸《ひた》りすぎて、気付いた時には、担任の向けてきた質問がよくわからなかった。

まさか聞いていませんでした、なんてとても言えず、僕は内心焦《あせ》りながら担任の顔を見ていたが、幸運にも次の会話が質問の内容を示唆《しさ》していた。

「九条さん、自宅で翻訳《ほんやく》業をされているんだろう？　三者面談に来るくらいの時間なら、都合付けやすいと思うんだが？」

入学時、学校側に提出した書類上、雅孝さんの立場は『親族代理人』ということになっていた。親の代わり、という文字通りのその存在に、担任が目を付けないわけがない。

「いや…まあ、それは…」

しかし僕はその発案に、ただただ気の抜《ぬ》けたような声しか出なかった。

だって僕は三者面談の日程を知った時、このことを雅孝さんに知らせないことを決めていたから。

「…何か彼との間に問題でも…？」

「問題なんて何もないです！　ただ、まさ…いや、九条さんの仕事の締め切りが、三者面談の期間中にありまして…」

歯切れの悪い僕の答えを、担任は思わしくない状況と受け止めたらしい。そんな彼へ僕は慌《あわ》てて否定すると、雅孝さんがいま抱《かか》えている仕事の内容を説明した。

僕と出会う前は長く海外にいたという雅孝さんは、数ヶ国語を読み書きも含《ふく》めて自由に操《あやつ》れるが、翻訳の仕事は主に英語とフランス語を中心にしているみたいだった。

「締め切りねえ…なんか漫画《まんが》家みたいだな。やっぱり締め切り破るとホテルでカンヅメとかするのかなあ…」

僕の話を聞いて、まるで関係ない点に興味を持った担任は、最後は独り言のように呟いた。

「さあ…？　でも、僕が知る限り九条さんは締め切りを破ったことはないです。今回の遅《おく》れだって、彼のせいではないんですから！」

仕事の遅れが雅孝さんの落ち度のように思われて、僕は少なからずムッとなる。

今回雅孝さんが請《う》けた仕事は、元々翻訳をするはずだった人が急病で倒《たお》れ、急遽《きゅうきょ》代役を頼まれたものだった。

しかも前の人の作業が遅れていた上、進行途中《とちゅう》で何かトラブルがあったとかで、現在ギリギリの中、作業が進んでいる。

「…というわけで、とにかく今、九条さんは大変なんです。ですから先生、面談は僕一人でお願いします」

一分一秒でも雅孝さんにとって大切な時間を、僕のために消費させるなんてそんなのは嫌だ。それに受験生でもあるまいし、わざわざ来てもらう行事でもない気がした。

「ふーん、そうか。でも、もう一度聞いてみてもらえないか？　たった二十分のことだし」

面談で教師と話す時間は二十分かもしれないが、学校へ来るまでの往復の時間や待ち時間を考えると、とてもじゃないが「たった」とは言えないのに。

しかし雅孝さんがどれだけ大変なのかを訴《うった》えたところで、目の前の教師にはわかってもらえなかったらしい。彼の関心事は生徒全員の保護者が来てくれるか否《いな》か、なのだろう。

「…わかりました」

けれどこれ以上話していても堂々巡《どうどうめぐ》りなので、僕はとりあえずそう返事をして話を終わらせる事にした。

「ああ…もう着いちゃった…考えがまだまとまってないのに」

担任から言われた事を考え続けていた僕は、家の近くに来るまでその事に気付かなかった。

元は僕のわがままで始まった雅孝さんとの同居も、早三ヶ月が経《た》とうとしている。真夏へと向かうこの季節、日中は汗《あせ》ばむが、今日の夕暮れは風もあり幾分涼《いくぶんすず》しい。吹いてくる風に乗って、壁《かべ》に沿って伸《の》びた蔓《つる》バラが豊かに香る。そこで僕はため息混じりに、まだ我が家と呼ぶには少々抵抗《ていこう》のある建物を見上げた。

雅孝さんは自分の家を、『古くて小さい』と表現した。僕は移り住む前まで、その言葉を額面通りに受け取っていた。

それが大きな間違いだという事に気付いたのは春休み。制服の注文などで学校を訪《おとず》れた帰り道、雅孝さんにこれから住むことになる場所を案内された時だ。

まず最初に門柱の高さにもびっくりしたが、（ゆうに二メートル以上はあった）僕は門から家が見えない事にもっと驚《おどろ》いた。

極《きわ》めつけは、石畳《いしだたみ》の先に出現した建物を目《ま》の当たりにした時。

『本当に古くて小さくて驚いたでしょう？』

隣《となり》でふう、とため息をついた雅孝さんに、僕は開いた口が塞《ふさ》がらなかった。

ところどころに青々とした蔦《つた》が絡《から》まったその建物は歴史を感じさせる石造りで、確かに古めかしいと言えなくもない。

しかし。

『あの、どこらへんが小さいんでしょう…？』

父さんが持っていた、イギリスのマナーハウス図鑑《ずかん》から飛び出したようなその建物は、僕からしたら決して小さいものではない。僕は屋敷《やしき》を指差し、雅孝さんを振り返った。

『え？　だって部屋はたったの十二室しかないし、それもほとんどが続き間のない、狭い間取りの部屋なんですよ？　厨房《ちゅうぼう》も、料理人が六人立つのがやっとな程《ほど》だったし、サロンも三十人入れば満員です。…あ、でもこれから色々と内装に手を入れる予定なんですよ。何しろ一階にある葉巻室やらボールルームとかは今住むには時代錯誤《さくご》な造りですから、もっと現代風にアレンジするつもりです。征也さんも何かリクエストがあればどんどん言ってくださいね』

にっこり笑ってそう言った雅孝さんに、僕はただただひきつった笑いを浮《う》かべることしかできなかった。

『雅孝さん…って、すごいお金持ちなんです、ね』

彼の身なりの良さや優雅《ゆうが》な物腰《ものごし》は、明らかに普通《ふつう》の人とは異なっている。ちょっと考えればわかる事なのに、僕は急に雅孝さんが遠い世界の人のような気がしてしまった。

『俺が金持ち？　そんなことありませんよ』

やっぱり、どこからどう見ても庶民《しょみん》の僕が、彼と一緒に暮らすなんて無理があるんじゃないだろうか…と考えていた僕に、当の雅孝さんはすぐさまその考えを否定した。

『この家はね、俺の母親のものです。管理をする条件で住むことになっただけですよ。いわば俺は管理人みたいなものですね』

『そう、なんですか…？』

『ええ。それに俺は翻訳家としてはまだまだ駆《か》け出しですから、明日から仕事を貰《もら》うためにあちこちに奔走《ほんそう》しなくてはなりません…もっとも、征也さんに不自由な思いはぜったいさせませんからね』

雅孝さんは僕の肩《かた》に手を置くと、ものすごく真剣《しんけん》な顔でそう言った。それを聞いた僕は、沈《しず》みかけた気持ちがいっぺんに消えるくらいの勢いで、吹き出してしまった。

『何です？　何かおかしな事言いました？』

『だって…雅孝さん、不自由な思いは～なんて、まるで結婚《けっこん》する相手のお父さんに言っているみたいですよ？』

僕はテレビドラマなどで見たことのある、緊張した面持《おもも》ちで挨拶《あいさつ》をする男性を思い浮かべた。でも、雅孝さんみたいにステキな人なら、どんな父親だって最終的にはＯＫするだろう、と密《ひそ》かに思いながら。

『ふむ…じゃあ俺は川原先生に向かって言わなきゃいけませんね』

笑い続ける僕の横で、雅孝さんはそう呟《つぶや》くと、いきなり空に向かって『先生！　俺は征也さんを幸せにします！』と叫《さけ》びだした。

『ちょ、ちょっと！　雅孝さん！　何言ってるんですか！』

『え？　まあ、本来なら墓前で言わなきゃいけないんですけど、手っ取り早く空に向かって所信表明を…』

『そーゆーことじゃないです！』

僕は突然《とつぜん》の事に面食《めんく》らい、真っ赤になりながら雅孝さんの腕を叩《たた》いた。叩かれた雅孝さんは意味が分からない、と不可解な表情のままだったけど…。

「あの時、周りに人がいなくて良かった」

未《いま》だにその時の事を思い出すと、僕の頬《ほお》は熱くなる。

雅孝さんは『責任持って僕の面倒《めんどう》を見る』という意味合いの事を言いたかったんだろう。でも、その前に言った僕の言葉がきっかけだったと思うと、少し気恥《きは》ずかしい。

「だって、あれじゃまるで僕をお嫁《よめ》に貰うみたいじゃないか…」

そう呟いた僕は、ますます頬が熱くなるのを感じた。

「…っていうか、男同士で結婚はできないだろ！」

何を考えてるんだ、と僕はぶんぶん首を振ると、玄関《げんかん》ドアの取っ手に手をかけた。

「ただいま、帰りまし、た」

玄関扉《とびら》を開けて中に入る度《たび》、僕はなぜか畏《かしこ》まってそう言ってしまう。玄関ホールを始め、屋敷内の柱や天井《てんじょう》に見受けられる、歴史を帯びた重厚《じゅうこう》さがそうさせるのかもしれない。

内装を手がけたデザイン会社の人達は、丸みを帯びた樫《かし》の木製の階段の手摺りや、真鍮《しんちゅう》の凝《こ》った細工のドアノブなど、屋敷の装飾《そうしょく》すべてに旧《ふる》き良きものを生かしつつ、設備は現代風にアレンジしてくれていた。

僕は玄関ホール真正面にある大きく緩《ゆる》やかな螺旋《らせん》階段を上ると、元は主賓《しゅひん》室だった、僕が使うには十分すぎる程広い自室へと鞄《かばん》を置きに行く。

部屋に置いてある調度品はもちろん、窓枠《まどわく》一つとっても、そのすべてにクラシカルだが上品な雰囲気《ふんいき》が漂《ただよ》っている。

時間を気にせず使えるようにと元は続き間だった部屋を、雅孝さんはバスルームへと改装してくれた。その細やかな気遣《きづか》いに僕は恐縮し、週末になると陶器製のバスタブを始め、あらゆるところを磨《みが》いている。

月に一度、クリーニングサービスの人が来るから掃除《そうじ》はしなくてもいい、と言われていたが、自分の住居スペースだけでもきれいにしておきたかったのだ。

「ピート、いい子にしてたか？」

父さんの好きだった、SF小説の主人公が飼っている猫と同じ名前の元・捨て猫は、僕が学校から戻《もど》ると、いつもどこからともなく首輪に付いた鈴の音を鳴らしながらやってくる。

ゴロゴロと喉《のど》を鳴らす、少し大きくなってきた彼の体を抱《だ》き上げると、僕は着替えるより先に雅孝さんの元へと向かった。

僕の部屋から始まり、コの字を描《えが》く回廊《かいろう》型の廊下に沿って同じようなドアが並ぶ。そして僕の部屋から階段を挟《はさ》んで、真向かいにある部屋が雅孝さんの寝室《しんしつ》だった。

もっとも、彼が一日の大半の時間を過ごしているのは一階、階段を下りて奥の、丁度建物の裏側に当たる場所。そこが雅孝さんの仕事場兼書斎《けんしょさい》だった。

「雅孝さん？　ただいま」

ピートを下ろしてからノックをしてドアを開けると、ここ数週間の忙《いそが》しさを如実《にょじつ》に伝えるその部屋は、いつもの整然とした様子はなかった。

「征也さん、おかえりなさい。すみません気が付かなくて…」

ここ連日、徹夜《てつや》で作業をしている雅孝さんは、疲労《ひろう》のせいか少し痩《や》せたような気がする。

けれど彼独自の精悍《せいかん》さは少しも損《そこ》なわれておらず、むしろ目元に鋭《するど》さを増したその顔つきに大人《おとな》の色気が感じられ、つい見惚《みと》れてしまった僕は大馬鹿《おおばか》だ。

「いえっ、そんなこと…気にしないで下さい」

僕はドギマギしながらも、机の上は勿論《もちろん》、床に散らばったいくつものメモ・(意味のわからないアルファベットの羅列《られつ》、とも言う）が、ドアの立てる風で飛ばないよう注意しながら扉《とびら》を閉めると、申し訳なさそうな表情をした雅孝さんに首を振る。

「学校はどうでした？　何も変わりはないですか？」

雅孝さんは壁《かべ》一面の造り付けの本棚《ほんだな》の前に立っていた。普段はきっちりと本が並ぶそこに、今は歯《は》抜《ぬ》けのような空間が幾《いく》つも出来ている。

「えっ…と、いつも通りでした。変わった事は何もない、です」

三者面談の事がちらりと頭を掠《かす》めたが、僕は努めて明るく笑い、何も問題がないことをアピールした。雅孝さんへ初めて嘘《うそ》をついてしまった事に、少し胸が痛んだけれど。

腕に抱《かか》えた本を何冊か本棚に戻しながら、雅孝さんはそれならよかった、と微笑《ほほえ》む。

「じゃあ、そろそろ夕食の用意をしますね」

「雅孝さん、少し休んだ方がいいです。何だか顔色が悪いし、夕食なら僕が…」

僕は雅孝さんに近づくと、彼の腕から残りの本を取り、代わりに片付ける。

「一段落したから、大丈夫《だいじょうぶ》ですよ。でも…せっかく征也さんがこの家に来てくださったのに、ここの所俺がこんな有様で…失望されているでしょう？」

しかし、心配して僕がかけた言葉に雅孝さんは、一緒に暮らしているのに僕に何もしてあげられない、と申し訳なさそうに言うから、僕は胸が一杯《いっぱい》になる。

「そんなの！　失望なんて、そんなこと思っていません。僕は…ここに住めて…雅孝さんと住むことができて、すごく嬉《うれ》しいです」

自分がひどく恥《は》ずかしい事を言ったという自覚はあったけれど、雅孝さんが思ってくれる気持ちに応《こた》えたくて、僕は隣《となり》に立つ彼を見上げる。

色素の薄《うす》い雅孝さんの瞳《ひとみ》は、窓から差し込む弱い光の中で淡《あわ》い色に輝《かがや》いていた。

「僕…本当に、そう思っているんです…」

木の実を思わせるその色は、僕を暖かく包むと同時にどこか落ち着かない気分にさせた。僕は徐々《じょじょ》に消えそうな声になりながら視線を落としてしまう。

「征也さん…」

雅孝さんはしばらく僕の顔を見ていたが、僕の手を取ると、そっと持ち上げる。

「そう言って下さってよかった…俺はあなたと暮らすことが出来て、夢のように幸せですよ。どうかいつまでも一緒にいて下さい」

『いつまでも一緒に』

彼の包み込むような優《やさ》しい声に、パシン、と僕の頭の奥で何かが弾《はじ》けた。

「いてくれますか…?」

何かがおぼろげに浮《う》かんできたような気がしたが、返事を求める雅孝さんを再び見上げた途《と》端《たん》、誰もが魅力《みりょく》的だと思うその眼差《まなざ》しに、僕の思考は止まってしまう。

「は…い…いさせて、下さい…」

ドラムロールのように打ち付ける心音が痛い。けれど、不思議とそれは気分の悪いものじゃない。

「征也さん、違《ちが》います」

「え？」

手を握《にぎ》られたままぼおっとなっていた僕は、急に厳しい口調の雅孝さんの声に、ハッとなる。目線を上げると、少し怒《おこ》ったような顔をした雅孝さんがいるから、僕は何かいけない事を言ってしまったのだろうかと、オロオロと視線を彷徨《さまよ》わせた。

「そんな可愛《かわい》らしい顔をしても許しませんよ？」

寄せた眉間《みけん》の皺《しわ》をますます深くして、雅孝さんはそう言った。その瞬間《しゅんかん》、僕は緊張《きんちょう》していた肩の力がガクリと抜《ぬ》ける。

「な、何がですか…？　それに…可愛いって…」

高校一年の男子に向かって可愛い、と言う雅孝さんも問題だが、そう言われて密《ひそ》かに喜ぶ僕はもっと問題だ。

しかし、雅孝さんは動揺《どうよう》する僕にお構いなく、まだ厳しい声で言葉を続ける。

「この間から言っているでしょう？　俺に対して敬語は使わないで下さい」

「でも雅孝さん、雅孝さんは僕に対して敬語で話すし…」

お互《たが》い様です、とまごつきながらもそう言った僕に、雅孝さんは全然違います、と切り返す。

「いいですか？　そもそも俺がこうして翻訳《ほんやく》家として食べていけるのも、外国語を学ぶ素晴《すば》らしさを教えてくれた、あなたのお父さんがいてこそです。あなたは、恩師とも言うべき方の息《むす》子《こ》さんなのだから、俺があなたに対して敬語を使うのは当然なんです」

「そんな…！　それってものすごいこじつけじゃ…ひゃっ！」

僕は雅孝さんの言い出した、へんてこりんな理由に異議を唱えようとした。しかし言い終わらないうちに、雅孝さんの唇《くちびる》が突然《とつぜん》僕の指先へと触《ふ》れ、僕は驚《おどろ》きのあまりしゃっくりのような叫《さけ》び声を上げてしまった。

「こじつけじゃありません、真実です」

ちゅっ、と音を立てて僕の指から唇を離《はな》した雅孝さんは、ニヤリと笑って僕の目を覗《のぞ》き込む。

僕は酸欠の金魚のように口をパクパクさせるだけ。

恥ずかしさで気を失う事があるとしたら、僕はそれの一歩手前だ。そんな僕に雅孝さんは更《さら》なる羞恥《しゅうち》を植え付けようとする。

「…そうだ、今度から征也さんが俺に敬語を使う度、罰《ばつ》として今した事をすることにしましょう」

「ええっ？　そんなのひどいです…わっ！」

「ほら、もう一回」

再び雅孝さんの口付けが僕の指先に降りる。しかも、今度は彼の柔《やわ》らかな唇で甘く噛《か》まれた。

「は、離して…っ」

じん、と痺《しび》れるような感覚が指先から伝わり、悲鳴のような声を上げた僕に、雅孝さんはよ

うやく僕の手を解放してくれた。

「今、右手の親指と人差し指にしましたから、今度は中指ですねぇ…おいで、ピート」

どこまでも大人な雅孝さんは、まるで狼狽《うろた》える僕をからかって楽しんでいるようだ。踊《おど》るように身を翻《ひるがえ》し、外で鳴いていたピートのためにドアを開けると、すぐに部屋に入ってきた彼を抱き上げる。

「中指…薬指…でも、あと八回だけなら…」

そう言われても染《し》み付いた敬語は簡単に抜けない。僕は全部の指にキスされるかもしれないが、考えようによっては、あと八回恥ずかしさに耐《た》えれば終わりということ?

「…征也さん、最初に断っておきますけれど、足の指も入りますからね」

しかし、そんな僕の考えなどお見通しだとばかりに雅孝さんは、抱いているピートの後足を持って、軽く振《ふ》った。

「なっ…!　あ、足って!」

僕は雅孝さんが僕の足にキスするところを想像して、眩暈《めまい》を覚えた。実際そんなことをされたら卒倒してしまう。

「嫌《いや》なら俺に敬語を使わないことです。…わかりましたか?」

「…う…ん」

理不尽《りふじん》なようなそうでないような。僕は唸《うな》るような声を上げながら、かろうじて『はい』と返事をすることだけは避《さ》けた。

あんな恥ずかしい思いを短時間にそう何度も受けていたら、絶対、心臓に悪い。

「大いに結構です。じゃ、夕食の用意をしますね」

悔《くや》しい事に、僕は自分の白旗を上げざるを得ない状況《じょうきょう》を呪いながらも、雅孝さんの不敵に笑うその表情に、見惚《みと》れてしまうんだ。


「今日、児玉《こだま》さんに桃《もも》をいただいたんですよ。征也さん、お好きでしょう？」

木箱の中に綺麗《きれい》に収められた乳白色のそれらは、見るからに瑞々《みずみず》しく甘そうで、冷蔵庫の中に鎮座《ちんざ》していた。

「う、うん」

まるで僕は一昔前に流行《はや》った『会話中○○を言ったらダメ』というゲームの参加者のような面持《おもも》ちで、少々緊張しながら頷《うなず》くと、冷蔵庫のドアを閉める。

「じゃあ、デザートにいただきましょうね」

そんな僕の様子に雅孝さんは、どこか笑いをかみ殺すようにして夕食の準備に取り掛《か》かる。

料理が趣味《しゅみ》だという雅孝さんの意向で造られたキッチンに足を踏《ふ》み入れると、いつもここがテレビで見た事のある、高級フランス料理店の厨房《ちゅうぼう》かと錯覚《さっかく》する。

銀色に輝くキッチンはアイランド式で、オーブンやレンジのある調理台と対面に独立作業台があり、その真上に造り付けられた巨大《きょだい》な換気扇《かんきせん》をぐるりと取り囲むように、大小様々な雪平《ゆきひら》鍋《なべ》やフライパンがぶら下がっていた。

「児玉さん、征也さんによろしく、と言っていましたよ」

「…後でお礼を言わないと…」

僕はペティナイフ一本で野菜を切っていく雅孝さんを調理台の端《はし》から眺《なが》めつつ、桃をくれた雅孝さんの担当編集者の事をぼんやり考えていた。

原稿《げんこう》を取りに来た時に紹介《しょうかい》されたことのあるその人は、堅《かた》そうな肩《かた》書きの会社に似つかわしくない、とても綺麗な若い女性だ。

いつも素敵《すてき》なスーツに身を包み、落ち着いた印象のある人だが、雅孝さんと話す時、いつもうっすら顔が赤くなる事を僕は知っている。そして玄関前で密かにお化粧《けしょう》を直していることも。艶《つや》やかな唇で雅孝さんに笑いかけ、彼の言葉に大袈裟《おおげさ》に頷く。そんな姿を何度か見たら、子供の僕だって嫌でも気付く。

きっと彼女は雅孝さんが好きなのだ。だから少しでも彼に気に入られたくて、必死なのだろう。そして将を射んと欲すれば先《ま》ず馬を射よ、とばかりに僕の好物を持って来たに違《ちが》いない

——そこまで考えて僕はギクリ、と身を竦《すく》ませた。

僕はいつからこんな意地の悪い考え方をする人間になったんだ？

彼女は桃が僕の好物なんて知らないだろうし、そもそも居候《いそうろう》の僕にまで丁寧《ていねい》に接してくれる、親切な人なのに。

きっと、彼女の想《おも》いはそのうち雅孝さんに伝わるだろう。もしかしたらもう既《すで》に二人は付き合っているのかもしれない。

「征也さん？」

僕の名を呼んだ雅孝さんの唇がどうしたんですか、と動くのがわかったが、僕の耳には何も聞こえてこない。

さっき、僕の指先に触れた彼の唇が、児玉さんの唇に重なる――その場面を思い描《えが》いた僕は、言いようのない不安に襲《おそ》われた。

何より、僕がさっき考えていたことを雅孝さんが知ったら、きっと軽蔑《けいべつ》する。

「…雅孝さん…僕、宿題あるの、思い出しました…」

僕は居ても立ってもいられず、喘《あえ》ぐようにそう言うと、逃《に》げるようにその場を後にした。

敬語を使ってしまった、と気が付いたのはキッチンを出て、二人用には大きすぎるテーブルが鎮座するダイニングルームへと出た時。

樫《かし》の葉と実のレリーフが四箇所《かしょ》の足の上部に埋《う》め込まれたテーブルを見ながら、僕は雅孝さんの家へ越《こ》してきた日のことを思い出した。このテーブルに座った彼は向かい側の僕に、夕食だけは出来る限り一緒に食べませんか、と提案したのだ。

『無理にとは言いませんが、せっかく一緒に暮らすのだから…ダメですか？』

僕は他《ほか》の家では当たり前なことがとても嬉《うれ》しくて、すぐさま頷いたのを覚えている。

自宅で仕事をしていると聞いてはいたが、僕はなるべく雅孝さんの邪魔《じゃま》にならないようにしよう、と引っ越す前に決めていた。

洗濯《せんたく》や掃除《そうじ》はもちろん、簡単な食事の用意を含《ふく》めて、家事は今までやってきたから苦にならないと考える以前に、僕は雅孝さんの負担になりたくなかった。

けれどそんな僕の決意をよそに、いざ生活を始めてみると雅孝さんは、想像以上に僕との生活を重視してくれている。

雅孝さんの優《やさ》しさに触れる度《たび》、初めて出会った時に彼の親切心を疑った自分を殴《なぐ》りつけてやりたい気分で一杯《いっぱい》になるのに、僕はその一方でひどく怯《おび》えていた。

雅孝さんに煩《わずら》わしい思いをさせて、迷惑《めいわく》がられたら。それが積もり積もって彼に嫌《きら》われたら。

そう考えただけで僕は、雪原に一人放り出されたような気持ちになる。

一人ぼっちになる事は、父さんが死んだ時にある程度覚悟《かくご》が出来ていたのに、雅孝さんの羽根布団《ぶとん》のような温かさを知った今、僕はそれを手放したくないと思うばかりか、もっともっと欲しいと願ってしまう。

彼は僕に対して、十分すぎるくらいによくしてくれているのに、これ以上僕は一体何を望むつもりなんだろう。

ほんの数ヶ月前まで、自分がこんな気持ちを持つなんて事、思いもしなかった。僕は自分自身がわからなくて途方《とほう》に暮れる。

「征也さん」

キッチンから追いかけてきた雅孝さんが僕の腕を取り、そのまま優しく振り向かせる。

「征也さん…泣いて…？」

僕の目からほろほろと涙《なみだ》が零《こぼ》れ、それを見た雅孝さんは驚《おどろ》いたような、軽いショックを受けたような表情を見せた。

「雅孝さん…ごめんなさい…」

泣いたりしたらダメだ。泣いて許しを請《こ》うなんて、子供みたいじゃないか。

僕は我慢《がまん》しようと唇《くちびる》を噛《か》んだが、僕の意識とは裏腹に涙は次から次へと溢《あふ》れ出す。

「…征也さん。さっきの、俺のバカな発言なんて気にしないで…征也さんが嫌がることなんてするつもりはありません」

雅孝さんの長い指が、僕の目元から頰《ほお》に流れる雫《しずく》を拭《ぬぐ》う。

彼は僕が泣いている理由を、さっきのキスのせいだと勘違《かんちが》いしている。僕は全然違《ちが》う、という意味を込めて首を横に振ったが、それに補足する言葉が上手《うま》く出てこなかった。

「征也さん、征也さん…俺を許して下さい…」

僕はしばらくの間、そう言って抱《だ》きしめてくれる雅孝さんの胸に頰を埋《うず》めていた。

一人よがりの感情だとわかっていても、彼が僕のことだけを見つめてくれている、今この瞬《しゅん》間《かん》がたまらなく嬉しい。

こんなにも僕は弱くて狡《ずる》い。

三者面談は、十二時から開始していた。

「おっせーなー、母さん、何やってんだろ？　早めに来いって言ったのに…」

さっきから公一が廊下《ろうか》の向こうをしきりに気にしながら、腕時計を見やる。

僕と公一を含めた数人の生徒達は、廊下に並べられたパイプ椅子に座り、さっきから自分達の順番が来るのを待っていた。

二十分間隔《かんかく》で区切られている面談は出席番号順で進み、三日間のうち一日十二組ずつ、三十六名の生徒全員の保護者が来校することになっていた。僕を除いて。

結局、僕は雅孝さんに三者面談の事を打ち明けないまま今日を迎《むか》えた。だから僕は公一のように待ち人に対してやきもきする必要はない。

「征也、なんかお前今日暗くない？」

「そう？…そんなことないよ」

そのはずなのに僕は、その場に居る誰よりも深刻そうな面持《おもも》ちで座っていた。

「だってさっきからずっとため息ばっかついてるぞ？」

公一の言葉に、他のクラスメイト達はどうした？　と思案顔だ。僕は何でもないと笑ったが、硬《かた》くこわばった頬を上げるのに苦労した。

「そうだ、これ終わったらさ、どっかみんなで遊びに行かね？」

誰かが言い出した遊びの発案に、いいねー、と周りからはしゃいだ声が上がったが、僕はとてもそんな気分にはなれない。

昨日、ぎこちなく夕食をとった後、雅孝さんは仕事の続きを、僕は宿題をしにそれぞれの部屋へと引き上げた。

今朝も雅孝さんは僕に何か言いたそうにしていたけれど、結局口に出す事はなかった。

僕の方は何か話さなくちゃと焦《あせ》れば焦るほど言葉に詰《つ》まり、これまた何も言えず終《じま》いのまま。

正直、三者面談の事を思い出したのは学校に着いてからだ。けれど僕にとって昨日の事の方が大問題で、本当なら今すぐにでも家に帰りたいくらいなのだ。

早く帰って、雅孝さんに謝りたい。その気持ちだけが僕を支配していた。

「征也も来るだろ？」

「ありがとう公一…でも…ん？」

まっすぐ帰るよ、と言おうとして、ふと廊下の向こうが何やら騒《さわ》がしい事に気付いた。

『あそこ』とか『その向こう』と話す声と共に、こちらの方へ向かってくる忙《せわ》しない足音が廊下に響《ひび》く。

「母さん!……と、誰だあれ?」

曲がり角の向こうから現れた女性に向かって、公一が驚いたように叫《さけ》んだ後、怪訝《けげん》そうな声を上げた。

「大丈夫《だいじょうぶ》! 間に合ったみたいですわ!」

「案内していただいて、ありがとうございました」

しかしそのすぐ後に、公一の母親に向かってお礼を言いながら、優雅《ゆうが》な足取りでこちらに向かってくる雅孝さんを見て、僕は腰《こし》を抜《ぬ》かしそうになった。

サンドベージュの麻《あさ》のスーツに合わせたのは、織り柄のあるシンプルな黒いシャツ。ノータイなのに少しもだらしなく見えないのは、雅孝さんの持つノーブルな雰囲気《ふんいき》のせいだろう。

学校の廊下がまるでランウェイのように見えるのは僕だけじゃない。その場に居合わせた誰もが、彼を見つめていた。

生徒達は羨望《せんぼう》の眼差《まなざ》しで。

母親達はうっとりとした眼差しで。

「遅《おく》れてすみません、征也さん」

そして僕の目の前へと到着《とうちゃく》した雅孝さんは、いつものように穏《おだ》やかな微笑を僕に向けた。

一人で浮《う》かれていました…」

「雅孝さん…？」

驚《おどろ》きに目を見張った僕に、顔を上げた雅孝さんの横顔が苦しそうに歪《ゆが》む。

「あなたは俺の仕事を気にして、三者面談の事を言わなかったのでしょう？　昨日だって、俺の失礼な態度にも我慢していた…。あなたにそんな気を遣《つか》わせるなんて…！」

「違います…違う…僕は…」

激しい口調で自分を責める雅孝さんに、僕はただただ、首を横に振る事しかできない。しかし、そんな僕に彼は寂《さび》しく笑う。

「いいえ、征也さん。あなたはもっと怒《おこ》ってもいいんです。俺は、あなたのその優《やさ》しさに付け込んで、いい気になっていた。あなたと家族のように過ごしている、なんて自惚《うぬぼ》れて…」

『家族』――彼の言葉は僕の胸に大きく響いた。

雅孝さんはそんな風に僕のことを思っていてくれていたの？

「か、ぞく…って、僕、と…？　ほんとう、に…？」

口の中がカラカラで、上手《うま》く口が回らない。僕は逸《はや》る気持ちを抑えつつ、雅孝さんの腕へと手を伸《の》ばす。

「…ええ。俺は、征也さんと家族のように暮らしていきたいと、そう思ってます。楽しい事も、悲しい事もすべて分かち合える、そんな関係になりたいと…。バカみたいですけど、本気でそう考えているんですよ…」

僕は、彼の何を見ていたのだろう。雅孝さんの腕に触《ふ》れようとした僕の手が途中《とちゅう》で止まる。

「…バカなのは僕の方です。そんな風に考えてくれていた雅孝さんの気持ちに気付かないで、僕は…雅孝さんが僕に対して煩《わずら》わしい思いをしているんじゃないかと疑って…。あなたに嫌《きら》われたらどうしようって考えてばかりいるくせに、結局は迷惑になることしかできない…」

いつだって彼は僕に向き合っていてくれていたのに、目を逸《そ》らしていたのは僕の方。

僕は自分かわいさに雅孝さんに対して心を開かず、じっとうずくまったままだった。そんな態度が彼をどれ程傷つけたのかと、僕は両手を膝《ひざ》の上でぎゅっと握り締めた。

「征也さん…俺は、迷惑だなんて思った事はありません。あなたの事を嫌うだなんて…そんなことあるはずがない」

そっと、彼の手が力を入れすぎて白くなった僕の手に触れる。僕に触れる彼の手はいつだって優しい。

「俺は、あなたを大切に思う気持ちは誰にも負けないつもりです」

「ありがとう…雅孝さん…ありがとう…」

僕は片方の手を雅孝さんの手の下から引き抜くと、上に重ねた。

どれだけ感謝の言葉を口にしても足りない気がした。けれど僕には『ありがとう』の言葉以外に言うべき事が浮かばない。

ただ震《ふる》える唇《くちびる》を噛《か》んで、泣き出しそうな心を抑えるだけ。

「征也さん、今日から俺達、また新しく始めましょう？」

そんな僕に、重ね合った手はやわらかな温かさをもって、僕の震える心を搦《から》め捕《と》る。

「…家族として？」

見つめ合う僕らの間を、目に見えなくても確実な何かが、繋《つな》いでいた。

「そう、家族として」

これからも、僕は迷って立ち止まる事があるかもしれない。

けれど僕の手を握る雅孝さんから、今と同じ温《ぬく》もりを感じられる限り、歩いていける。

# 第三章

「…やさん…ゆき…や…さん」

眠《ねむ》い。

「…征也さん」

水底から浮上《ふじょう》するように、僕の意識はゆっくりと覚醒《かくせい》していた。

「う…ん…？」

「征也さん、起きてください」

ふわり、といつもの香《かお》りがして目を開けると、目の前に雅孝さんの顔があった。

わずか数センチ、吐息《といき》が触れ合いそうなその距離《きょり》に、僕は状況《じょうきょう》がわからず飛び起きる。

「ひゃあぁ！」

「危ない！」

雅孝さんが手を伸ばすより早く、勢いよく身を起こしてベッドの端《はし》まで後ずさった僕は、羽根布団《ぶとん》ごとベッドから滑《すべ》り落ち、夢の世界から完全にサヨナラする。

「征也さん！」

「アイタタタ…」

柔《やわ》らかな羽根布団がマット代わりになってくれたとはいえ、起き掛《が》けの無防備な体勢で落ちた僕は、肩《かた》の辺りに少しだけ痛みを感じた。

「大丈夫《だいじょうぶ》ですか？」

「…だいじょう…わっ！」

布団を摑《つか》んだまま肩を擦《さす》っている僕の体は、ベッドを回りこんできた雅孝さんに抱《だ》き起こされる。

「あの、雅孝さん…」

「はい？」

雅孝さんと暮らしだして三年目。彼は相変わらずちょっと…いや、ものすごく変わっている。

「あの…僕、大丈夫なんで…」

なにせ男の僕を助け起こすのに、いわゆる『お姫《ひめ》さま抱っこ』を普通《ふつう》にしちゃうくらいなんだから…！

「いえ、俺のせいですからね。お風呂《ふろ》に入りますか？　寝癖《ねぐせ》、すごいですよ」

「ひ、ひとりで行けるよ！」

ぼさぼさの髪の毛に手をやりながら上ずった声を上げた僕に、雅孝さんは眉《まゆ》を大袈裟《おおげさ》に上げると、僕をそっと床《ゆか》に下ろした。

もう随分《ずいぶん》時が経《た》つのに、僕に対する彼の言動は礼儀《れいぎ》正しく、紳士《しんし》的だ。

「…残念。征也さんのヌードが見られると思ったんですが」

「なっ…！」

前言撤回《てっかい》。彼は態度こそ紳士的だが、言う事が大いに僕を困惑《こんわく》させる。

しれっとそんな冗談《じょうだん》を言う雅孝さんに、僕は顔が赤くなるのを止められないまま、キッと彼を睨《にら》み付ける。

「雅孝さんはいつもそうやって僕のことをからかって…！　今日という今日は…」

「『今日という今日は』、何でしょう？」

涼《すず》しい顔して微笑《ほほえ》む彼は地団駄《じだんだ》を踏《ふ》むほどかっこいいけど、そんなことは絶対言わない。言えばまた、からかわれる種になるという以前に、同じ男として悔《くや》しいからだ。

「ゆっくりお話をしていたいんですが征也さん、このままだと学校に遅《おく》れますよ？」

「え…？　わっ！　もうこんな時間？　目覚まし、かけていたのに！」

時計の針は、いつも僕が起きる時間より三十分も先に進んでいる！

僕は慌《あわ》てて部屋の奥にある洗面所に飛び込むと、バシャバシャと水飛沫《みずしぶき》を上げて顔を洗い、ついでに髪の毛も濡《ぬ》らす。

「たぶん、止めちゃったんでしょう」

のんびりとそう言って雅孝さんは、後ろからふかふかのタオルで髪を拭《ふ》いてくれる。その手付きは壊《こわ》れ物を扱《あつか》うように繊細《せんさい》で、僕は心地《ここち》よさにまた眠くなってきてしまう。

「…雅孝さん、僕、自分で…」

できるよ、という僕の言葉は、すぐに雅孝さんが取り出したドライヤーの音にかき消されてしまった。

「しっかり乾《かわ》かさないと、いけませんからね」

「あ、りがとう…」

そのままされるがままに髪を乾かされ、数分後、鏡の前には髪を綺麗《きれい》にセットされた自分自身が映っていた。

「今日も素敵《すてき》ですよ」

そんな甘いセリフと共に僕の肩をポン、と叩《たた》くと、雅孝さんは僕の部屋から出て行く。そのセリフをそっくりそのまま返したいくらいなのに。

「そんな…雅孝さんに言われても説得力ないよ…」

僕は一人ごちながらクローゼットに歩み寄り制服を取り出すと、急いで身支度《みじたく》を調《ととの》えた。

「朝ごはんは…食べてる時間はないな…。あ！　こら！」

キッチンへ飛び込み、冷蔵庫から牛乳を取り出してコップに注いでいた僕の背後で、何やら物音が聞こえてくる。

振《ふ》り返った僕は、丸々とした大きなモノが、雅孝さんが作ってくれたのだろう、調理台に載《の》せられた朝食のお皿へ屈《かが》みこんでいるのを発見した。

「ぶみっ？」

あの夜、か細く鳴いて僕の両手に載るサイズだった子猫《こねこ》は立派に成長したが、愛情一杯《いっぱい》に育てた彼は少々大きくなりすぎた。今や僕はこの猫を片手で抱けない。

「も～、だめじゃないか！」

僕は急いでいるにもかかわらずコップを置き、ピートを調理台から下ろすと、罰《ばつ》の為《ため》にその大きなお尻《しり》を軽く叩いた。

ふみぃ、と鳴いた悲しそうなエメラルドの瞳《ひとみ》が、僕を見上げる。

「そんな目で見てもだめだぞ？」

めっ！　と怖《こわ》い顔をして見せたが、どことなく反省した様子の（そう見える、という時点で僕は飼い主バカだ）ピートを見ていると、怒《いか》りもすぐに消え失《う》せる。

「ごめんな、ピート。帰ってきたら一緒《いっしょ》に遊ぼうね」

代わりに湧《わ》き上がる愛《いと》しさからピートを抱き上げて、僕はふかふかの顔に頬《ほお》ずりをした。

「征也さん？」

その時僕を呼ぶ雅孝さんの声がして、僕はピートを抱いたままキッチンを出た。

僕の鞄《かばん》を持って階段を下りてくる雅孝さんは、クリーム色とココア色のカットソーを重ねたトップス、下はベージュのパンツを穿《は》いている。

それだけならさっきまでと変わらない恰好《かっこう》だったのだけれど、雅孝さんは飴《あめ》色の革のジャケットを手に、キーケースを握《にぎ》っていた。

「どこかに出かけるの？」

「征也さんを学校まで送りに行くんですよ？」

若草色のマフラーを首に巻きながら、当然のように言った雅孝さんの言葉に僕は驚《おどろ》いて、抱いていたピートを取り落としてしまった。

「ええ？　そんな…悪いよ…」

自分の不注意なのに、雅孝さんを運転手のように使うみたいな気がして、僕は彼の申し出に自然と口がへの字になる。でも、目の前の彼はそんな僕の気持ちを誤解してしまうんだ。

「また遠慮《えんりょ》する…。大体そんなことを言っている場合ですか？　このままじゃ遅刻《ちこく》しますよ？」

「うわわわっ！」

時計を見て青くなった僕は、雅孝さんから鞄を受け取ると慌てて靴《くつ》を履《は》き、表へ飛び出す。

「ちょっと待って征也さん。こっち向いて…」

玄関《げんかん》の鍵《かぎ》を閉めた雅孝さんに呼ばれて振り向くと、彼の手がそっと僕の襟元《えりもと》に伸《の》びた。

僕が結ぶといつも上手《うま》くいかない紺《こん》と山吹《やまぶき》色のストライプのネクタイは、数十秒後、雅孝さんの手で完璧《かんぺき》なノットを持つ形に出来上がる。

「はい、これでよし」

「ありがとう。…あ、雅孝さん！　ほら、息が白いよ」

首筋を掠《かす》めた彼の指先に、僕はドキドキする心を落ち着かせようと、ほう、と息をつく。その途端《とたん》、白い息が目に見えて澄《す》んだ空気に消えていく。

「今朝は冷え込んでいますからね。さ、早く車に乗って下さい」

ガレージ脇《わき》にある大きな林檎《りんご》の木が、この季節最後の実を付けているのを横目に見ながら、僕は車に乗り込むと、運転席の雅孝さんはエンジンをかけ、滑《すべ》るように車を発進させた。


「どうもありがとう」

「はい、いってらっしゃい」

普通なら一時間近くかかるところを、車でなら三十分もかからず学校に到着《とうちゃく》する。

学校まで数メートルのところで停《と》まった車から降りようと、僕はシートベルトを外し、膝《ひざ》に載《の》せていた鞄を摑んだ。

「…そうだ。雅孝さん、今日の予定は？」

ドアを開けたところで、僕は思い出したように雅孝さんを振り返った。

「差し迫《せま》った仕事もありませんから、買い物でもして家にいますよ」

毎朝、僕らは一日のスケジュールを簡単に説明し、大体の帰宅時間を確認し合ってから、それぞれの生活に向かう。

急な用事で帰宅が遅《おそ》くなる場合は、お互《たが》い必ず連絡《れんらく》すること。それは同居して三ヶ月目のあの日以来、僕らのルールになっている。

「征也さんは？」

「え？　昨日と同じだよ？」

僕がそう言った途端、今まで穏《おだ》やかだった雅孝さんの顔に、スッと影《かげ》がさした。

「…今日も修司《しゅうじ》のところですか？　征也さん、こんな事を言いたくないですけど…」

「だって、先週大学部に合格したし！」

眉《まゆ》をひそめて雅孝さんが言おうとしていた言葉を、僕は手を上げて遮《さえぎ》った。

「…わかってます。俺が言いたいのはアルバイトなんてする必要ない、ってことです」

この件になると、雅孝さんは意外としつこい。僕はため息をついて再び車の中に戻《もど》った。

「僕だっておこづかいは必要だよ」

エスカレーター式学校なら当然と言うべきか、僕の通う学校には比較的《ひかくてき》お金持ちの家の子供が多く在籍《ざいせき》している。

一部の生徒の中には、毎週末にクラブでイベントを主催《しゅさい》する、なんていうお金の使い方をする人もいるらしいけれど、僕には興味の無い世界だ。

僕のお金の使い道は、せいぜい趣味《しゅみ》の音楽のCDを買ったり、放課後に友達とファーストフード店に立ち寄るくらいの、いたって地味なもの。

「だから、必要なら俺が…」

「それはダメ」

僕はまたもや雅孝さんの言葉を遮り、予想しうる答えを即座《そくざ》に否定した。

雅孝さんは、母さんから毎月振り込まれる生活費や父さんの遺産は、将来のために残しておくべきだ、と言って、三年前から僕が家賃と称《しょう》するお金を受け取ってくれない。

学費は母さんが直接払《はら》ってくれているから関係無いけど、僕だって人間だ。食べるし、寝るし、着替《きが》えもする。

「…大体、雅孝さんは僕に甘すぎるよ。ただでさえ僕は、これ以上ないほどいい待遇《たいぐう》で面倒《めんどう》を見てもらって…」

「征也さん！　何度も言いますけど、俺はあなたのことを『面倒を見ている』なんて思っていません。俺はあなたを『お預かり』しているんですよ？」

憤慨《ふんがい》した様子の雅孝さんの口調に僕はくすぐったさを覚えるが、それを誤魔化《ごまか》すためにわざとため息をついた。

「だから、それは言葉のあやだよ。でも事実、僕にこんな高価なものを持たせてくれているし」

僕は鞄の中から、一年生の夏休み前に雅孝さんから贈《おく》られた携帯《けいたい》電話を取り出す。定期的に最新型へと変更《へんこう》されるそれは、友人一同にいつも羨《うらや》ましがられるシロモノだ。

「それは必要経費みたいなものですから、征也さんは気にしなくていいんです」

携帯を贈られたのと同じ時期にバイトを始めて、せめて通話料金は払わせてほしい、と頼《たの》んだ僕に、雅孝さんは今と同じことを言って相手にしてくれなかった。

「一緒に外出する度《たび》に高級レストランでフルコースを食べさせてくれたり、高い洋服を次々と買ってくれたりするのも？」

僕は慌《あわ》てて雅孝さんを止めるけど、僕がいくら頼み込んでも、引っ張っても、すぐにお店の人に指示してしまう。その度に僕は申し訳ない気持ちで一杯になるんだ。

「征也さんは成長期です。おいしいものを食べて健康的に過ごしてもらいたいし、洋服は体に合わせて替えていかないと…」

「でも、なんていうか…そういうの、困るよ…」

雅孝さんは最初、そんなこと…と言ってお決まりの持論を展開するが、僕の困る、という発言に、ひどく落ち込んだ様子で前を向いた。

「…俺のしている事は迷惑《めいわく》なんですね…。俺は、あなたに嫌《きら》われる事をしていたんだ…」

「そんなこと！　そんなこと思ったことないよ！」

僕は座席から飛び上がりそうなほど驚いて、雅孝さんの腕に手をかけた。

「いいんですよ、征也さん。俺はあなたを弟のようにかわいがりたい、ただそれだけだったんですけど、征也さんは押し付けがましい男は嫌いですよね…」

雅孝さんは僕の手を取り、寂《さび》しそうに首を振《ふ》る。

その表情が初めての三者面談の日を思い起こさせ、僕は切なさに目が眩《くら》んだ。

ああ、僕はまた彼を傷つけてしまったんだ！

「ぼ、僕、雅孝さんのこと、だ、大好きだよ！　だから…」

僕は必死で首を振り、大好きだと告げながら、もう片方の手で雅孝さんの手を握《にぎ》っていた。

「…雅孝さん？」

ふと気が付くと、雅孝さんが僕の手を握りながら肩を震《ふる》わせている。そして次の瞬間《しゅんかん》、堪《こら》えきれないように吹《ふ》き出した。

「何だよ！　前言撤回《てっかい》！　雅孝さんなんて、大嫌《だいきら》いだっ！」

僕は手を振りほどいて車から出るとドアを閉め、フロントガラスごしに思い切りあっかんべ、をして歩き出した。

いつも雅孝さんはああやって僕をからかって、ホント、意地悪なんだから！

通行人が何事だ？　と僕らを見ていたけど、そんなこと気にならないくらい僕は怒っていた。

「…引っかかる僕も悪いけど…わ！」

「征也さん！　征也さん！」

いつの間にか雅孝さんが、超《ちょう》低速のスピードで僕の横を並走している。しかも窓ガラスを開けて、僕の名前を連呼しながら。

最初、僕は無視を決め込むが、校門が近づくにつれて生徒の数も多くなっていく。大声で僕に謝る雅孝さんに、好奇《こうき》の目が注がれる。当然、僕にも。

「征也さん、俺が悪かったです。すみません」

どう見ても異様な光景だと思う。いい大人《おとな》が高校生に謝りたおしている図、なんて。しかも謝っているのは最新のＢＭＷに乗った、俳優顔負けの美貌《びぼう》を持つ男。

僕の周りで女の子達がざわめきだすのを感じ、とうとう僕は立ち止まると、彼に懇願《こんがん》する。

「雅孝さん、お願いだからもうやめてよ。僕、学校に行けなくなるよ」

「…じゃあ、許してくれるんですね？」

喜々として微笑《ほほえ》む雅孝さんに、僕はしぶしぶ頷《うなず》いた。ここで頷かなければ、僕は周りの女の子達の冷たい視線に、少なくとも一ヶ月は耐《た》え忍《しの》ばなくてはならない。

「アルバイトのことはまた帰ってから話しましょう。とりあえず今日は修司のところに行ってらっしゃい。何時に終わりますか？」

「八時位だと…思う」

嫌な予感がしたけれど、僕は素直《すなお》にバイトが終わる予定の時刻を告げた。

「じゃあ、その頃に迎《むか》えに行きますから」

「えっ、そんな、雅孝さん⁉」

僕の返事を待たないで、雅孝さんが運転する車は、さっさと走り去ってしまう。

残された僕は、また今日も雅孝さんのペースに乗せられてしまった、とがっくり肩を落とした。

「…今回のラブ・バトルは雅孝さんの圧勝だね」

「っていうより、征也、勝ったことってあんのか？」

「…二人ともうるさい」

いつから見ていたのか、後方で公一と、その幼馴染《おさななじ》みである宮下真理《みやしたまさよし》＝通称《つうしょう》・マリがぼそりと、でも僕に聞こえるように言い合っていた。

「なあ征也。いーかげん勝ってくれないと俺、マリにこづかい巻き上げられまくりなんだけど」

「公一が無謀《むぼう》な賭《か》け方をしているだけだろ。ゆきちゃんが雅孝さんに勝てるわけがないじゃん」

勝手に僕らを賭けの対象にしているこの二人は、そろって幼稚園からの持ち上がり組で、十四年という付き合いの長さだ。

「マリ、その発言、何気に失礼なんだけど。…そもそもラブ・バトルって何？」

真理は、じろりと睨《にら》んだ僕の視線にあさっての方角を向き、公一が遅《おく》れるぞ、と言いながら歩き始める。

二人は僕が雅孝さんのことを話すたびに、「ラブラブだね」と言って、勝手な空想を繰《く》り広げている。僕はうんざりした声で二人に聞いた。

「その名の通りだよ。なあ？　マリ？」

「うん」

僕は校門をくぐったところで立ち止まると、並んで歩いていた二人も同じように立ち止まる。

ここから左に行くと僕らの校舎がある男子部で、右に行くと女子部の校舎がある。

「あのね、二人とも。僕は男で、雅孝さんも男。それで何で恋人《こいびと》になるわけ？」

僕は何回言ったらわかるんだ？　と二人の横で地団駄を踏《ふ》みそうになる。

「まあ、『知らぬは亭主ばかりなり』ってとこだね…」

真理は僕の抗議《こうぎ》をさらりと受け流すと、はい、行きましょ、と左に歩みを進める。

「でも、征也はそうやって否定するけどさあ、一年の時の三者面談。あれはかなりインパクトあったぞ？　新聞部だって…」

「そんな昔の話、思い出さなくていい」

『高等部一‐C在籍《ざいせき》・川原征也のあしながおじさんならぬ、あしなが王子現る！』――そう題された別刷り校内新聞（内容はゴシップ紙と変わらない）が三者面談の次の日に出回り、僕はその後、半年ぐらいの間、いろんな人に噂《うわさ》の真相を聞かれてゲンナリした事を思い出す。

「そーそ。あれから俺達、賭けを始めたんだもん。ラブ・バトル一回につき五百円。そしてくっついたら一万ってね」

下駄箱《げたばこ》から上靴《うわぐつ》を取り出しながら、『あしなが王子』って絶妙《ぜつみょう》なネーミングだな、と言う公一の後に、真理の冷静な内容説明が続く。

「く、くっついたら…って…どうやって判断すんの？」

真理の説明に引っ掛《か》かりを覚えた僕は、聞きたくない気がしつつも、敢《あ》えて聞いてみる。

「…それは考えてなかったな」

「言われてみればそうだな」

聞いたこっちがバカだった。僕は顔を見合わせてうーん、と唸《うな》っている二人をホールに残し、さっさと教室へと向かった。


「ゆきちゃん、今日公一とケーキ食べに行くんだけど、一緒《いっしょ》に来ない？」

隣《となり》の教室へと歩いて行こうとしていた真理が、僕を振り返る。

「うーん、残念だけど僕、今日バイトあるからダメなんだ」

この二人に僕はしょっちゅうからかわれているが、基本的に彼らと過ごすのはとても楽しい。

「バイトって、まだやってんの？」

「さすがに試験中は休んでたよ。でも、試験も終わったし昨日からまた行ってる」

うちの学校は基本的にアルバイトを禁止していないが、さすがに三年生でしているのは珍《めずら》しい。公一は目を丸くしたが、僕はのんびりと答えた。

「俺も行く。いいよね？　ね？」

真理は勢いよく振り返ったと思ったら、僕の返事を待たずに詰《つ》め寄ってきた。

「マリ、征也はバイトなんだぞ？　それに今日はあの店に行くって言ってたじゃねぇか。順番が狂《くる》う」

「お客として行くに決まっているだろ？　言わば売り上げ貢献《こうけん》さ。あの店には来週行けば良いじゃん」

それで文句はないだろう、と真理は公一を見上げる。しかし、公一は眉《まゆ》を寄せたまま首を縦に振ろうとせず、ますます不機嫌《ふきげん》そうな声を上げた。

「お前、藤本《ふじもと》さんに会いたいだけだろ」

真理の『売り上げに貢献する』というのは単なる口実で、本当はカフェのオーナーである藤本修司さんを見たいだけ…というのが公一の言い分だ。

「失礼な。俺は店のファンだ。それに、あそこのケーキはウマイって、お前も言っていたじゃないか」

「確かに言った。けど、会誌にあの店ばっか載《の》せるわけにいかないだろ！」

高等部入学当初、甘い物好きが高じた二人は、『スイーツ同好会』という、男子部において奇妙《きみょう》としか思えない同好会を作った。

活動内容：お店のケーキを食べて、月一の会誌でおいしいケーキの情報を知らせる。

冗談《じょうだん》のような話だが、二人はいたって真剣《しんけん》だ。

「うー…今日は俺が奢《おご》る。だから、お願いっ！」

頭の上で手を合わせ、懇願する真理を見て、僕は公一の腕をポン、と叩《たた》いた。

「公一、僕からも頼《たの》むよ。二人が最近来ないから、売り上げ伸《の》び悩《なや》みなんだ」

「…征也がそう言うんなら…」

「やった！　公一、先に行くなよ？　じゃ、後で！」

真理は憮然《ぶぜん》としている公一に釘《くぎ》を刺《さ》すと、軽い足取りで隣の教室へ消えていく。

「…あいつの我が儘《まま》にも、困ったもんだ」

「僕としては大歓迎《だいかんげい》だよ」

公一は肩をすくめ、ため息をつく。しかし真理と言い争う度、最終的に彼の言い分を聞いてやるこの男は、基本的に真理に弱い。

「それより征也、お前、筋肉の各部の名称《めいしょう》、覚えてきた？」

公一とは三年間同じクラスで、出席番号も席が前後なのも変わらない。ホームルームが終わったところで、彼は後ろの僕に振り返った。

ほとんどの生徒が付属の大学へ進学を決めている為《ため》か、教室は比較的《ひかく》落ち着いていた。

しかし進路が決まったとはいえ、授業をサボったり、不真面目《ふまじめ》な授業態度を取ると入学を取り消されることもあるらしい。

「一応ね」

だから学内進学試験後も学校を休む生徒はいないし、一時間目に行われる小テストでも真剣なのだ。

「ゲッ、マジかよ」

公一は目をぐるりと回すと、生物の教科書を持ったまま驚愕《きょうがく》の表情を浮《う》かべる。

入学式で初めて見た公一は、人懐《ひとなつ》っこい子犬のようだった。

あれから二年半が経《た》とうとする今、公一は子犬というより大型犬で、着々と成長している友人を見るにつけ、僕は少々くやしい。

背の高さだって僕はさっきの三人の中で一番低いし、体重も女の子並みだ。いや、女子特有の脂肪《しぼう》がない分、場合によったら僕の方が軽いかもしれない。

「おかしいな…。好き嫌《きら》いなくなんでも食べているのに」

それとも雅孝さんがご馳走《ちそう》してくれる、贅沢《ぜいたく》な食事がいけないのか？　僕は生物の教科書を見ながら、そこに描《えが》かれた彫刻《ちょうこく》のごとく美しい筋肉を持つ、人物モデル図を凝視《ぎょうし》した。

僕がこの絵の男のようになるには、遺伝子操作でもしない限り不可能だ。ありえない。僕は拗《す》ねたように教科書を放り出したが、ふと思いついて再び教科書を手に取る。

雅孝さんと同じだ。

挿絵《さしえ》の、肩から腕にかけて流れるような筋肉のラインに、いつか見た光景が目に浮《う》かぶ。何かの用で雅孝さんの部屋を訪《おとず》れた際、僕は着替《きが》えようと服を脱《ぬ》いだ彼の後ろ姿に遭遇《そうぐう》した。服を着ているときにはわからない、程《ほど》よく筋肉が付いた雅孝さんの上半身は、同性の僕から見てもドキドキするほど逞《たくま》しくて、そして美しかった。

——征也さん？

——ごめんなさいっ！

気配を感じて振り返った雅孝さんに、僕は咄嗟《とっさ》に謝って部屋を出ると、急いで自室の洗面所に駆《か》け込《こ》み、冷たい水で顔を洗った。

気付かれなければ、ずっと見ていたかもしれない。それ程僕は雅孝さんの裸《はだか》に見とれていた。見とれていただけじゃない。僕は正直、あの体に触《ふ》れたいと思った。そう思ったら、何故《なぜ》だか急に下半身が痺《しび》れたように熱くなって、全身が細かく震《ふる》えてきた。

顔を上げた僕の顔から、水滴《すいてき》がポタポタと滴《した》り落ちていた。鏡の中の僕の顔は上気して紅く、視点の定まらない瞳《ひとみ》の中に、はっきりとした欲情が見て取れた…。

「…うあああ…」

もうすぐ試験だって言うのに、しかも教室で何て事を思い返しているんだろう。僕は恥《は》ずかしさに机に突《つ》っ伏《ぷ》した。

真理や公一のからかいにも似た発言を断固として否定できないのは、僕の中に次々と浮かぶ、雅孝さんへの色めいた想像のせいもある。

「何だよ？　どうした？」

筋肉の名前、アルファベット選択肢《せんたくし》にしてくんないかなぁ、とぼやいていた公一は、僕の呻《うめ》きに怪訝《けげん》な顔をして振り向いてきた。

「…何でもない」

教科書を見ながら欲情めいた出来事を思い出していました、なんて口が裂《さ》けても言えない。

僕は火照《ほて》ってきた頬《ほお》を冷たい机の表面に当てたまま、目線だけ公一に向けた。

公一が何か言おうと口を開いた丁度その時、テストを抱《かか》えた生物の教師が教室に入ってきたので、彼は何も言わないまま前を向いた。

「…そういえば判断基準、決まったぞ」

挨拶《あいさつ》の後、すぐにテスト用紙が配られ、公一が用紙を回しざま、僕にボソリと言う。

「何だって？」

僕は彼の発した意味不明な言葉に、顔を寄せて聞き返した。

「さっき言ってた、くっついたかどうかの判断基準だよ。マリと話し合って、二人がセックスしたら、ってことになった…痛ってー！」

空想を通り越《こ》して妄想《もうそう》だ！　僕は公一の頭を思い切り拳骨《げんこつ》で殴《なぐ》った。

「こら、そこ、何やってんだ！」

公一の叫《さけ》び声は静まった教室に響《ひび》き渡《わた》り、僕らは揃《そろ》って教師にギロリと睨《にら》まれる。

「すみません……」

公一のせいで僕まで謝らなければならない羽目になる。僕は全然悪くないのに！


「ああ、やっぱアルファベット選択じゃなかった…」

「世の中、そんなに甘くないってことだろ」

テスト問題、ほとんど答えられなかった、と肩を落とす公一に真理はにべもない。

「でも、あんな長い漢字覚えられねぇよ」

「もー、いつまでもくよくよしてんじゃないよ！　お前がそうやってぐずぐずしていたから、バスに乗り遅《おく》れたんだろー？」

放課後、三人で僕のバイト先である『Le Petit Café（小さなカフェ）』へ地下鉄で向かっていた。いつもはバスで行くのだが、学校の最寄《もよ》りのバス停に着いたところで丁度バスが行ってしまったのだ。

「マリ、遅れたのは公一だけのせいじゃないよ。僕も掃除《そうじ》当番だったし、それに地下鉄の方が早いじゃないか」

僕は車内広告を何気に見つつ、隣《となり》の二人の雲行きを心配しだす。

「でもさ、バスが見えていたのに、公一は走らなかった。それに、バスで行けば店の真ん前に着くのに、地下鉄だと歩かなきゃいけないじゃん！」

「五分だけじゃないか…ほら、着いたよ」

心持ち頬を膨《ふく》らませる真理に苦笑《くしょう》した僕は、二人を急《せ》かしながら目的の駅で下車した。

「…あれ？」

地上へと出るエスカレーターを上りきり、店のある方向へ足を進めようとした僕は、道を挟《はさ》んで向かい側にある、オープンカフェの脇《わき》に停《と》めてある見慣れた車に気付いた。

そして、そのすぐ隣のテラスにいる人達にも。

「どうしたのゆきちゃ…」

立ち止まった僕に、真理が同じように足を止める。そして、僕の視線の先にあるものを見て小さく息を呑《の》むのがわかった。

テラスに座っていたのは雅孝さんと児玉さん。

今も変わらず雅孝さんの担当編集者である彼女は洗練された大人《おとな》の雰囲気《ふんいき》で、雅孝さんと二人並ぶ姿は、まるで一枚の美しい絵のようだった。

「何だよ二人とも…あれ？　あそこにいるの雅孝さん？　ほえー、隣の女の人、すげー美人だなあ！」

動かない僕と真理にぶつかりそうになった公一は同じように視線を動かし、雅孝さん達を目に留めたようだ。そして雅孝さんの隣に座る児玉さんに感嘆《かんたん》の声を上げた。

「あ、あれはさー、きっと道を聞かれた御礼《おれい》にお茶をしてるだけだよ！　なあ？　公一もそう思うよなー？」

表情を見せた。

真理が考えた設定はあまりに無理がある。当然のことながら同意を求められた公一は怪訝な
「えー？　そんなバカなことあるかよ。あれはどー見たって恋人《こいびと》同士に見えるぞ？……ほら！　手ぇ握《にぎ》ってるし！……グゲッ！」

僕の目にも公一が言う通り、児玉さんのほっそりとした華奢《きやしや》な指先を、雅孝さんの手が摑《つか》んでいるのが見て取れた。

僕は何だか目の前がチカチカしてきたが、どうにか正気を保てたのは、真理が公一のみぞおちに肘鉄《ひじてつ》を食《く》らわしたせいだ。

それは見事にヒットし、公一はガマガエルの鳴き声のような悲鳴を上げた。

「ゲホゲホッ！　マ、マリ！　何するんだよ！」

「バカバカ！　お前はどうしてそう空気が読めない奴《やつ》なんだよ！」

このボケナス！　と真理は、身をかがめて咳《せ》き込む公一をなおも殴ろうとするから、僕は慌《あわ》てて二人の間に割り込んだ。

「ちょっとマリ！　あの女の人は児玉さんって言って、雅孝さんの担当さんだよ！　ほら、も

う行こう？」

道行く人々が、騒《さわ》いでいる僕らを遠巻きに眺《なが》めている。ヘタしたら喧嘩《けんか》かと思われるかもしれないので、僕は二人を強引《ごういん》に引っ張るとその場から急いで離《はな》れた。

「…なーんだ、そうだったの。それならそうと早く言ってくれなきゃ。いらない心配しちゃったよ」

「お前、思い込みで罪を犯《おか》すタイプだな…」

公一は殴られたところをさすりながら恨《うら》めしげに真理を見たが、当の本人は涼《すず》しい顔をしている。

「だって、あの二人が付き合ってでもいたら、公一に今までの賭け金、返さなきゃいけないんだ。心配にもなるさ」

「マリ、変な心配しなくていいよ。そもそも僕と雅孝さんは二人が思っているような関係じゃないんだから」

興味ない、という風を装い僕は二人より先を歩き出したが、なんだか胸がザワザワする。

今朝、雅孝さんが言っていた予定に、『児玉さんとの打ち合わせ』はなかった。そもそも打ち合わせなら普段《ふだん》家でするのに、どうして外で会ったりしていたんだろう？

「…見間違《みまちが》いだよ…きっとそう…」

二人は恋人同士なのかも、という二年前に過《よ》ぎった不安が再び頭をもたげたが、僕は真理や公一にも聞こえない程の小声でそう呟《つぶや》くと、足早に店へと向かった。

こんな事なら、少しぐらい遅《おそ》くなってもバスを使えばよかった。そうしたら、二人を見ることはなかったのに、と思いながら。

「『臨時休業』…？」

それから数分後、僕らは入り組んだ住宅街の奥にポツンと建つ、蔦《つた》の絡《から》まった煉瓦《れんが》造りの一軒家《いっけんや》に到着《とうちゃく》し、小さな木の扉《とびら》に貼られた用紙を凝視《ぎょうし》していた。

毛筆で書きなぐったような文字は見慣れた修司さんの直筆だ。しかし寝耳《ねみみ》に水な出来事に僕は首を捻《ひね》る。

「これ、藤本さんの字？　顔に似合わず男前な字だな」

公一が貼り紙を指差して、同じように首を捻る。

「えー？　休み？　どういうこと？」

真理はがっかりしたような声を上げ、僕を振《ふ》り返った。

「昨日は修司さん、そんなこと言ってなかったんだけど…」

僕は鞄《かばん》から携帯《けいたい》電話を取り出すと、修司さんの携帯へ電話を掛《か》ける。

『もしもし…？』

一コールでいきなり繋《つな》がったかと思いきや、電話口の修司さんは恐《おそ》ろしく緊迫《きんぱく》した声で応答してきた。

「もしもし、修司さん？　あの、征也ですけど」

『…征也君？　なんだ、どうかした？』

僕が名乗ると、いきなり修司さんは普段の声に戻《もど》った。僕は頭の中に？マークを飛ばしながらも、修司さんに貼り紙のことを聞く。

『え？　貼り紙？　うん、貼《は》ったね』

「じゃ、なんで昨日僕に、何も言ってくれなかったんですか？」

『だって今日は開けるから』

？？？？　ますます変だ。

『征也君、なんか声近いけど、今、どこ？』

「…どこって、店の前です。ドアの外」

「だったらどうして入ってこないの？」

いきなり目の前のドアが開き、白いシャツと黒のトラウザーズに、黒のギャルソンエプロン姿の男性が、顔を覗《のぞ》かせる。

「わっ！」

突然《とつぜん》の事に僕ら三人は同時に叫《さけ》んでしまった。もしかしたらほんのちょっと、地面から飛び上がっていたかもしれない。

「…お化け見たような反応、しないでもらえる？」

顔を出したままの恰好《かっこう》で修司さんは、僕らのあまりの驚《おどろ》きように苦笑いすると、耳に当てていた携帯電話のスイッチを切った。

「だって、修司さん、お店にいないと思っていたから。それに、これ」

まだ驚いている胸を押さえつつ、僕は同じように携帯のスイッチを切ると、ドアの貼り紙を指差す。

「…道理で朝からお客さんが一人も来ないと思った」

修司さんは首を曲げると、僕の指先を追って貼り紙を見た。そして腕を組んでなるほどね、と唸《うな》る。

「『明日』って書き込むの、忘れてた」

『明日　臨時休業』――修司さんはそう書いたつもりだったらしい。

「書き直さなきゃね。…ふむ、公一君と真理君が本日最初のお客様だよ」

修司さんは貼り紙をはがすと、扉を僕らのために大きく開け放った。

「お邪魔《じゃま》しまーす」

公一と真理はそう声をそろえて挨拶《あいさつ》しながら店の中へと進み、僕だけは入り口正面のカウンターに入ると、修司さんと同じ、黒のギャルソンエプロンを腰《こし》に巻きつけた。

「二人とも、ご注文は？」

店内奥の、四人掛《が》けテーブルに腰を下ろしていた二人に、レモンを浮《う》かべたお水を出してから、僕はえび茶地に金文字で店の名前が入ったメニューを手渡した。

「俺はダージリンのストレート。公一は？」

「ええっと、俺はロイヤルミルクティー。今日のケーキは何だろ？」

「んーと、確認《かくにん》してくるね」

毎日数種類修司さんが焼くケーキは、このカフェ自慢《じまん》の品だ。僕は踵《きびす》をかえすと、修司さんに聞きに行くためにテーブルを離れた。

バイトを始めた当初、僕はこの長いエプロンに足を取られてヨタヨタしていたが、最近は修司さんと同じように、背筋を伸《の》ばして綺麗《きれい》に歩くことができるようになった。

「修司さん、今日のケーキは何ですか？」

カウンターの中に戻っていた修司さんにそう声を掛けたが、彼は僕の声が耳に入っていないかのように、前を向いたままぼんやりしていた。

男の人を形容する言葉に『綺麗』はない、と思う人がもしいたら、修司さんを見れば、それが間違《まちが》いだと気付くだろう。

フランス人の血が半分入っているせいか、日本人とは明らかに違《ちが》う質感の肌《はだ》や、光の加減で鮮《あざ》やかに変化する瞳《ひとみ》など、彼の持つ雰囲気《ふんいき》は大輪のカサブランカを思い起こさせる。

上品かつハッと目を奪《うば》われるような華《はな》やかさは、お店に来るお客さんを男女問わず魅了《みりょう》しているというのに、今日の修司さんはどことなく元気がない。

「修司さん？」

「えっ、ああ、ごめん。何？」

僕が少し大きめの声で呼びかけると、修司さんは一瞬身を小さく震《ふる》わせ、ようやく僕へと顔を向けた。しかし普段は青灰色に輝《かがや》く瞳が、今は深海の如《ごと》く暗く沈《しず》み、ぎこちない笑顔《えがお》を作るだけ。

「今日のケーキなんですけど…」

「ああ、ケーキね。今日はガトーショコラと林檎《りんご》のタルト。あと、紅茶のシフォンケーキもあるよ。それと…」

「アマンド・タルトでしょ？」

アーモンドの粉末で焼いた香《かお》り高いシンプルなタルトは、常に焼いてある一品だ。

その通り、と頷《うなず》いた修司さんを残し、僕は戻ってそれらを二人に伝えると、彼らは元気よく、「全部」と答える。

「征也君、ダージリンとロイヤルミルクティー。ここに置いておくね」

カウンターに戻ると、修司さんが淹《い》れてくれたお茶が豊かな香りを放って、店内を漂《ただよ》い始めていた。

「はい。ありがとうございます。…あれ？」

僕は切り分けたケーキを二つのお皿に盛ると、トレイにすべてを載《の》せて運ぼうとした。しかし、カウンターにカップが三つあるのに気付いて、僕は修司さんを見上げる。

「今日は俺のミスでお客さんも来なさそうだから、お友達とゆっくりしてていいよ。あと、全員の飲み物は俺からのサービス」

カウンターの中の修司さんは事も無げに言って、僕の持っていたトレイに、三つのカップを置いてくれる。

「えっ?…彼らはともかく、僕はバイト中だから…」

修司さんは毎回、こうして僕らに何かサービスしてくれる。

『損して得取る』——いつも修司さんはそう言っているけど、その実、彼のあまりに商売気の無い経営方法は、バイトの僕の方が心配になる程《ほど》で。

「あの二人にはいつも征也君がお世話になっているしね。ま、俺も雅孝じゃないけど、ここにいる間は君の保護者のつもりだから」

「そんな…。ありがとうございます」

遠慮《えんりよ》しないで、と修司さんは、出会った日と同じ微笑を僕に投げかける。

『俺も川原先生の英語の授業、大好きだったよ』

高校一年の夏、雅孝さんに学生時代からの友人だと、修司さんを紹介《しようかい》された時、修司さんは開口一番、僕にそう言った。

『もし征也君さえよければ、ウチでバイトしてみない?』

そして帰る間際《まぎわ》、僕はお店のバイトにスカウトされたのだ。

すぐさま雅孝さんは修司さんに抗議《こうぎ》したけれど、『お前と一緒《いっしょ》にいると、この子が甘やかされ放題になる』と撥《は》ねつけた。僕もそう思っていたから、バイトの件は二つ返事でＯＫしたのだ。

けれど雅孝さんにああ言った修司さん本人も、僕に十分甘いような気がするんだけど…。

「ほら、お茶が冷めるよ。早く運びなさい」

「あ、はい！」

僕はしっかりトレイを持つと、慌《あわ》てて二人が待つ奥の席へと運んだ。

「お待たせしました」

「わー！　どれから食べようかなぁ」

お皿に並んだケーキに二人は目を輝かせ、フォークを持つ手に力が入る。僕は真理の横に座ると自分のカップに口を付けた。

「あれ、征也も？　仕事いいの？」

「うん。ここからなら入ってきたお客さんからは死角だし。しばらくは休んでてもいいって。あと、飲み物は修司さんからサービス」

林檎タルトを食べようとしていた公一は、僕の言葉に眉《まゆ》を顰《ひそ》める。

「…まさかお前のバイト代から天引きとかされてないよな？」

「藤本さんがそんなことするわけないだろ！」

そんなこと言う奴《やつ》、ケーキは没収《ぼっしゅう》だ、と真理は公一のお皿を自分の方へ引き寄せる。

「俺は征也の心配をしただけだろー？」

「まあまあ、二人とも。仲良く食べてよ、ね？」

二人はケーキ一つに子犬のようにじゃれあう。その姿はなぜか微笑ましい。

「でも、こうやって三人でいられるのもあと少しかー」

いきなり公一がしみじみと言い出したから、僕と真理は思わず顔を見合わす。

「公一、何爺《じじ》くさい事言ってんの？　大学部でも一緒だろ」

真理はそう言いながらも三種類のケーキを交互《こうご》に食べ、時折公一のお皿にも手をのばす。すごい器用だ。

「でも、俺とお前は学部一緒だけど、征也は違《ちが》うだろ。理系クラスにいて、なんで経済？」

公一と真理はそれぞれ理工学部、僕は経済学部へと進学のコマを進めていた。確かに学部が違うと校舎がある場所も違うし、今みたいに会えなくなるのは確かだ。

「高二で進路別にクラス替《が》えした時は、理系に進もうと思ってはいたよ。…けど、たとえ学部が分かれてもさ、ここに来てくれればいつでも会えるよ」

そうなのだ。これからも少しの変化はあるかもしれないけれど、大きな流れは変わらない。

僕はこれからもここでバイトをしながら大学に通い、友達とこうして笑っているはずだ。

「そういえばこの間、本屋で雅孝さんの翻訳《ほんやく》した経済書見たけど、ちんぷんかんぷんだったなあ。俺、小説とかだったら貰《もら》えるのにって思っちゃったよ」

しばらく雑談をした後、公一が良家の子息らしからぬ、セコイ発言をする。

「俺もそれ見たけど、出たのって最近だよね。試験の時に締《し》め切り重ならなかった？」

ケーキを食べ終えた真理は、ダージリンの入ったカップをソーサーごと持ち上げた。

「うーん、実はその本、かなり前に翻訳してたやつなんだ。雅孝さん、僕の大学部試験の期間中は大きな仕事を入れなかったみたいで…」

『征也さんが成績優秀《ゆうしゅう》なのは知っていますけどね、俺としては全力であなたをバックアップしたいんです』

雅孝さんはそう言って僕が志望を経済学部に決めた頃《ころ》から、夕食後、仕事の合間をぬって僕の勉強を見てくれた。目の前の二人は僕がそう話すと感嘆《かんたん》の声をあげる。

僕としては感謝の念で一杯《いっぱい》だったけれど、また雅孝さんに迷惑《めいわく》をかけているかも…と心配になるくらい、彼は僕に付き合ってくれたのだ。

『征也さん、決めたでしょう？　お互《たが》い変な遠慮はしない。俺達、家族なんですから…』

勉強中に何度も聞いた、彼の甘く優《やさ》しい声が今も僕の耳の奥でこだまする…。

「なるほどねえ…ゆきちゃんの志望変更《へんこう》は、やっぱり雅孝さんの影響《えいきょう》なんだ」

「は、まあ、ね…」

一人で盛り上がっていた僕を、感慨《かんがい》深げな真理の声が現実に引き戻《もど》す。僕はごまかすように鼻の頭を小さく掻《か》いた。

「…俺も雅孝さんに教えてもらいたかったよ…せめて試験前だけでも…」

「ほんと、公一のあの英語の成績でよく大学部の試験に受かったと思うよ？」

ぼやく公一に真理は笑って紅茶を飲み干すと、カップを置いてふと思い出したように顎《あご》に手をやる。

「俺、前に雑誌か何かで雅孝さん、見た気がするんだよね…何だったかなあ…」

初耳だ。やっぱり雅孝さんはファッションモデルでもしていたんだろうか。

「お前お得意の空想じゃねえの？」

公一は今日の自分の発言を棚《たな》に上げ、思案顔の真理をからかう。

「ちがうって！…あれ、もうこんな時間？」

ここにいるとホント、時間が経《た》つの忘れるなぁ、と真理が腕時計を見ながらぼやく。時計の針は、僕らが店に来て早二時間が経過していた。

「じゃ、そろそろ失礼しようか。あんまり長居すると仕事の邪魔《じゃま》になるし」

お財布《さいふ》から二人分の代金を取り出すと、真理は伝票のフォルダに挟《はさ》んで渡《わた》してくれる。

「こっちこそ、売り上げに協力してくれてありがとう」

二人はじゃあ、と手を上げて帰っていった。

「また来てね」

挨拶《あいさつ》しながら出て行く二人に、カウンターから修司さんも手を振《ふ》った。

それから少しずつ他《ほか》のお客さん達も入ってきたが、やはり勘違《かんちが》い貼り紙のせいか、閉店時間になるまでお客はいつもより少なめだった。

僕は真理の言った、『雅孝さんファッションモデル説』の真偽《しんぎ》を修司さんに尋《たず》ねてみようと思っていたのだけれど、今日の修司さんはやっぱりどこか変だ。

どこかぼんやりしていたかと思えば、お客さんが入ってくる度、どこにいても慌てて飛んでくる。

「…いらっしゃいませ」

しかし勢いよく現れる割には、お客を目にした修司さんの挨拶には力が無い。まるで空気の抜《ぬ》けた風船みたいに。

誰かを待っているのだろうか。ドアを見つめる修司さんの横顔が、どこか迎《むか》えにこない親を待っている子供のようで、僕は心配になる。

「…なんかいつもよりお客が少ないような気がするんですけど」

閉店時間の三十分前に雅孝さんがひょっこり現れた時、僕は丁度お店の床《ゆか》をモップで磨《みが》いていたところだった。

雅孝さんの顔を見た途端《とたん》、昼間見た一件を思い出して僕は、ビクリと肩を揺《ゆ》らしてしまう。その不自然な態度に、雅孝さんは何かを感じ取ったのか、瞬時に顔を曇《くも》らせる。焦《あせ》った僕は努めて明るい笑顔《えがお》を見せようとしたけれど、頬《ほお》が強張《こわば》って、上手《うま》く笑うことができない。

「征也さん…まさか、修司のヤツにこき使われているんじゃないでしょうね？」

しかし、雅孝さんはまるで見当違《ちが》いな事を言って、僕を必要以上に安堵《あんど》させた。

「人のことを悪徳雇用者《こようしゃ》みたいに言うんじゃない」

また奥からすっ飛んできた修司さんは、雅孝さんの言った事が聞こえていたのだろう、手にしていたハタキで雅孝さんの頭を叩《たた》く。

「そんな失礼なこと言ったらだめだよ、雅孝さん。まあ、お客が少ないのは当たっているけどね…」

ホッとしたと同時に僕はモップを掛《か》けていた手を止めて、ぴかぴかになった木目の床を見下ろした。

お客が来ないなら掃除《そうじ》でもしようと始めたのだけれど、元々僕は何かを磨くのが好きなのだ。

「おい、大丈夫《だいじょうぶ》なのか？　この店」

お客が少なかった、と聞いた雅孝さんはカウンターのスツールに座ると、渋《しぶ》い顔をして修司さんを見やった。

本日臨時休業

修司さんは雅孝さんにアールグレイを淹《い》れながら、とんでもない、と目を見開く。

「お客が少なかったのは貼り紙のせいで、俺の経営手腕《しゅわん》がなっちゃいないからじゃないぞ」

「貼り紙？　何のことだ？」

「こ・れ」

カウンターの下に屈《かが》んだ修司さんは、旧友の目の前にビラッと紙を突《つ》き出した。

書き直したのか、先程《さきほど》と同じ大きさの新しい紙には『本日　臨時休業』と書かれている。

「相変わらずお前の字は乱暴だな…。『本日』って今日のことか？」

手に取った雅孝さんは苦笑《くしょう》しながらそれを眺《なが》めていたが、文面の内容に軽く首を捻《ひね》る。

「違う。それは明日貼《は》るやつ。明日が臨時休業なわけ」

「そうだったんですか？」

電話でとんちんかんだった会話が、僕の中でやっと意味を成した。

「そう。ごめんね、征也君」

掃除を続ける僕に向かって、修司さんがすまなそうな顔をする。そんな彼から一連の話を聞いた雅孝さんは大笑いした。

「一字違いで大違いだな!…ああ、だから彼女も店が休みだったって言ったんだな…」

「彼女？　誰の事だ？」

ふと思い出した、というように、雅孝さんが笑いを止める。その後呟《つぶや》くように言った言葉に修司さんはすぐさま反応した。

「児玉さん。彼女と今日会ったんだけど…」

カップを手にした雅孝さんは、出された紅茶を飲みつつ何でもない風に言ったが、僕は内心ギクリとした。

「ああ…いつも茶っ葉送ってる…何だ？　ついに愛の告白でもされたか？」

紅茶の専門店であるこのお店では、茶葉を一般的《いっぱん》には販売《はんばい》していないが、ツテのある人にだけ特別に販売していた。

修司さんは雅孝さんからの紹介《しょうかい》で、茶葉を分けている児玉さんと面識があるのだが、彼は前から彼女のことで『あの担当はお前を狙《ねら》っているな』と雅孝さんをからかっていた。

その度《たび》に雅孝さんは今のように肩をすくめるだけで、肯定《こうてい》も否定もしない。その態度がいつにも増して僕をたまらない気持ちにさせた。

「…いつも茶葉を郵送してもらっているお礼が言いたいからって、ここに寄ったらしいぞ。会ったか？」

「いや…？　会ってないなぁ…」

僕らが来るまでお客さんは一人も来なかった、と当の修司さんが言っていたのだから、児玉さんはあの間違《まちが》い貼り紙を真に受けた一人ということになる。

「まったく…彼女、がっかりしていたぞ。お前の淹れた紅茶が飲みたかったのに、って…」

「それは悪いことしたな…ま、俺が淹れる茶はそんじょそこらで飲むものとは大違いだし？」

「…今日、彼女と入った駅前のカフェの出す紅茶は、最高にマズかったからな」

雅孝さんの言葉から、二人がカフェで会い、手を握《にぎ》っていたのは確実な事だとわかった。もしかしたら見間違《みまちが》いかも…と考えていた僕の淡《あわ》い期待は空《むな》しく散る。

その上、雅孝さんが話す一言一言が、僕の落ち込みに追い討《う》ちをかける。彼と児玉さんは付き合っていて、デートをしていた。その考えはもう僕の中で揺《ゆ》るぎ無いものとなっていった。

しかしそんなことを僕が考えているなんて雅孝さんはもちろん、修司さんも気付くはずもなく、二人の会話は僕の気持ちを置き去りにしてどんどん進んでゆく。

「…それより修司、なんで明日休みなんだ？　どこか行くのか？」

「明日の休みは、常連さんの友人のお嬢《じょう》さんが結婚《けっこん》するってんで、両家の顔見せパーティにこ、使わせてくれって頼《たの》まれたんだよ。そういうの普段《ふだん》は断るんだけど、頼んできた人っていうのが父方のじいさんの時代から世話になっていた人だから、特別にね」

「おじいさんの時代って…古美術商関係か？」

修司さんのおじいさんは、古美術——特にヨーロッパアンティークを扱《あつか》うお店を営んでいたそうだ。

お店にあるアール・ヌーヴォー期を代表するデザイナー作のランプや花瓶《かびん》などは、おじいさんから譲《ゆず》り受けたものらしい。

「ああ。それに、結婚する女性は元々ワイン教室にも来てくれている人なんだ」

「教室ぅ…？　そうか！　だからお前、こんなに流行《はや》らなくても店、潰《つぶ》れないわけか！」

修司さんの説明に、雅孝さんは難問クイズを解いたかのように大声で叫《さけ》ぶと、タン、とカウンターを軽く叩いた。

ワインソムリエの資格を持つ修司さんは月に二、三回、ワイン教室を開いている。

最初は知り合いの人達が主だった生徒さんも、口コミで広がったのか、今では毎週開講してほしい、と頼まれるほど受講希望者が増えていた。

「なるほどね…前々から不思議に思っていたんだ。何でお前みたいなどんぶり勘定《かんじょう》で店が運営できてんのか、って…」

「…失礼な」

目の前の友人の納得顔《なっとくがお》に、ピクリ、と修司さんのこめかみがヒクついた。

「いっそのことワイン教室専門にしたほうが儲《もう》かるんじゃないのか？」

雅孝さんは月謝とそれにかかる経費をざっと計算して、その金額と店の売り上げを比較《ひかく》しているのだろう。しばらくすると、まじめな顔をして修司さんに進言する。

確かに教室の入会金や授業料は、決して安くない。ともすれば一ヶ月の売り上げより受講料で得たお金のほうが上回るときもある…らしい。

「雅孝…お前、俺の長年の夢をよくもけちょんけちょんに…！」

「しゅ、修司さん！　パーティって、どれくらいの人が来られるんですか？」

徐々に表情をなくしていく修司さんがその怒《いか》りを爆発《ばくはつ》させる前に、僕は慌《あわ》てて話題を逸《そ》らす。

二人は長年の付き合いのためか、（特に雅孝さんの方に）時々言葉に遠慮《えんりょ》が無くて、僕は見ていてハラハラすることしきりだ。

「え？　ああ、えーっと…十人位だと思うよ。身内だけの小さな会にしたいって言っていたから」

「お手伝いする人は？」

「うーん、そういえば考えていなかったな。…そうだ雅孝、お前アレやってくれ」

アレ？

僕が雅孝さんの顔を見ると、彼は残りの紅茶を飲みながら嫌そうに顔をしかめた。

「お前…パーティ明日だろ？　簡単に言ってくれるな」

「シンプルなのでいいから。パーティは午後からだし、材料とかは用意するからさ。ついでにギャルソンもやってくれ」

これだけ失礼三昧《ざんまい》なこと言ったんだからそれくらいしろ、と修司さんが雅孝さんに要求すると、雅孝さんはますます嫌そうな顔をして、カップをお皿に置いた。

「出張費とるぞ」

「いいよ。そのお金を征也君のバイト代に上乗せするから。それならいいだろ？」

「…ならいい」

いつの間にか商談が成立したような様子で二人は頷《うなず》きあっているから、僕は納得《なっとく》いかない。

「ちょ、ちょっと待ってください！　上乗せって、そんなのだめですよ！　それに雅孝さん、アレって何？」

僕は二人の顔を交互《こうご》に見たが、修司さんはニヤリと笑っただけで何も言わないし、雅孝さんもそ知らぬふりをする。

「そうか、征也君は見たこと無いんだ」

「そんな見せびらかすもんでもない…おかわり」

雅孝さんは僕に何でもないんですよ、と笑うと、すぐ憮然《ぶぜん》として、カップを修司さんに突き出す。

「もう、二人とも！　僕にはさっぱりワケが分からない！　こうなったら僕も明日手伝いに来ますからね！」

「征也さん！」

「悪いねぇ…征也君。バイト代、はずむからね」

焦《あせ》る雅孝さんを黙《だま》らせるかのごとく、修司さんは雅孝さんのカップにおかわりの紅茶を注ぐ。

「アチっ！　お前…最初から征也さんに手伝わせる気だっただろう？」

勢いよく注がれた紅茶の滴《しずく》が手の甲《こう》にはねて、雅孝さんはその熱さに顔をしかめた。

「まさか。そんなことしたらお前に殺されるからな」

ティッシュでくるんだ氷を渡《わた》しながら、修司さんはあくまで平静を装う。

この二人を見ていると、僕は時々、取り残されたような気分になる。喧嘩《けんか》のような言い合いも、どこか深いところで通じ合っている上での軽いジャブとしか感じない。

「…まったく、この策士め。それに明日のための掃除《そうじ》まで征也さんにさせたな?…征也さん、そんなこともうしなくていいですよ」

なんてヤツだ、と雅孝さんはブツブツ文句を言いながら僕が持っていたモップを取り上げ、店の奥にしまいに行った。

いつのまにか時計の針は閉店時間をさしていた。僕はエプロンを外すと、きれいにたたんでカウンターの上に置く。

「うーん…そんなつもりじゃなかったんだけど。ごめんね、征也君。疲《つか》れただろう? 今夜は雅孝にマッサージでもしてもらいいな」

マッサージは、僕も知っている雅孝さんの特技だ。

アイツ、いい嫁《よめ》さんの条件満たしているよねー、と修司さんは言いつつ、すぐ後に、やっぱあんなガタイのいい嫁さんは嫌だな、と一人ごちる。

「はあ…え? マ、マッサージ? い、いや、それは…!」

「何? どうかした?」

修司さんは何気なく言ったのだろうけど、僕はマッサージ、という言葉に異様に反応してしまう。

実は先週雅孝さんにマッサージをしてもらった時、僕はあまりの気持ちよさにそのまま眠《ねむ》ってしまい、そのまま雅孝さんのベッドで一緒《いっしょ》に寝てしまったのだ。

目が覚めた時、ご丁寧《ていねい》に雅孝さんは、風邪《かぜ》を引かないようにと僕の体を毛布で包んだ上から、しっかり抱《だ》きしめてくれていた。

身じろいだ僕に、寝惚《ねぼ》けていたのか彼は、ますます強い力で僕を抱き寄せた。彼の甘い吐息《といき》が僕の頬《ほお》に触《ふ》れる距離《きょり》まで…。

「な、何でも！　何も無いです！」

その時のことを思い出して、自然と頬が火照《ほて》ってくる。僕の慌てた様子に、修司さんは何を勘違《かんちが》いしたのか、上目遣《うわめづか》いで僕を見ながら口の端《はし》を持ち上げた。

「ああ…わかった…雅孝がマッサージと称《しょう》して、変なところ揉《も》んだり触《さわ》ったりしたんだろう？　あの変態オヤジ！　まあ、かわいい征也君を目の前にしたら、ムラっときたのかねぇ…」

「な、ななな…！」

雅孝さんの手が僕の…に…？

思わず淫《みだ》らな想像をしてしまい、僕は頭の中が活火山になったような気がした。

「…誰が変態だ」

奥から僕の鞄《かばん》を持って戻《もど》った雅孝さんの姿に、僕は金魚のように口をパクパクさせた。恥《は》ずかしさのあまり、頬が燃えるように熱い。

「えー？　誰って、お前しかいないだろ。このムッツリ！」

修司さんは可笑《おか》しそうに笑って、さらに追い討《う》ちを掛《か》ける。

「何言って…」

「雅孝さん、か、帰ろう！　じゃ修司さん、また明日！」

何か言いかけた雅孝さんの手を引っ張って、僕は逃《に》げるようにお店を後にした。

「お腹《なか》すいたでしょう、征也さん。今日の夕食はカボチャのグラタンにしましたよ」

「おいしそう！　すごい楽しみだな…」

帰る車の中、雅孝さんが話す夕食のメニューに耳を傾《かたむ》けながら、僕は昼間見た雅孝さんと児玉さんの事は、このままうやむやになって、そのうち忘れてしまうことを願った。

真相を知るのが怖《こわ》いという気持ちが、そう願わせたのかもしれない。だけど、その時の僕は何に対してこんなにも不安になっているのか、自分でもわかっていなかった。

けれどその後掛かってきた一本の電話が、児玉さんと雅孝さんの関係をいやがうえにも僕に突《つ》きつけることになる。

キッチンに置いてある電話の子機が鳴る。夕食後、そこで紅茶を淹《い》れていた僕は手を止め、目の前にあるそれを摑《つか》んだ。

「もしもし？」

『九条様のお宅でございますか？　夜分遅《おそ》くに申し訳ございません…』

受話器の向こうから聞こえてきた畏《かしこ》まった声の主は、丁重《ていちょう》な口調でイタリアに本店がある、世界的に有名な宝飾《ほうしょく》品店の名前を名乗る。

『…いつも大変お世話になっております。本日はご来店いただきまして誠にありがとうございました。あの、先程《さきほど》お渡し致《いた》しましたお品の件なんですが…』

「ちょ、ちょっとお待ちください！」

電話に出た僕を、雅孝さん本人だと勘違いしているらしい、受話器の向こうから淀《よど》みない口調で話す相手に僕は慌ててそう断ると、保留ボタンを押した。

「雅孝さん、電話だよ」

僕は急いでキッチンを出ると、リビングで優雅《ゆうが》なフォルムのソファに座っていた雅孝さんへ子機を差し出した。

「…もしもし？」

ありがとうございます、と言いながら雅孝さんは僕から子機を受け取ると、相手の声に耳を傾けた。

僕は雅孝さんの声を背中に聞きながら再びキッチンへと向かう。なぜだか分からないけれど、電話で話す内容を聞いてはいけないような気がした。

「…ええ…そうですね…サイズは…」

淹《い》れかけだったお茶をわざとゆっくり淹れて、再びリビングへ戻っても、雅孝さんの電話は終わっていなかった。

静かな声だったが、雅孝さんの口調は少し上ずっていて、そこに僕は今日買った品物が彼にとって大切なものだと察知する。

僕は雅孝さんの真向かいのソファに座ると、ティーテーブルに雅孝さんのカップを置いた。それから自分のカップに口をつけたが、味なんててんで分からない。

高級宝飾品店。今日渡された品。

先程偶然耳にしたそれらの単語が、僕の耳の奥でスキップをするように飛び跳《は》ねている。くるくると回るそれらは、僕の頭の中で光り輝《かがや》く物体へと形を変えていった。

サイズの話をしているのだから、買ったのは、指輪？　それは、特別なもの？

そう考えた瞬間《しゅんかん》、僕の脳裏《のうり》に昼間の雅孝さんと児玉さんが浮《う》かぶ。

僕らがいた所からは遠すぎて見えなかっただけで、雅孝さんが握《にぎ》っていた児玉さんの指先には、眩《まばゆ》いばかりの宝石が嵌《は》められていたのかもしれない。

雅孝さんに向かって微笑《ほほえ》む児玉さんの表情が、目の前をチラついて離《はな》れなくなり、それにつれて、漠然《ばくぜん》とした不安のようなものが、ここにきて急にはっきりと現実味を帯びてきた。

今まで考えた事がないといえば嘘《うそ》になる。だって雅孝さんは、道行く人でさえ振《ふ》り返るほど素敵《すてき》で魅力《みりょく》的な人だから、すぐに素敵な恋人《こいびと》――例えば児玉さんのような――が現れるだろうって、いつも思っていた。

雅孝さんにとって大切な人ができるなんて、僕にとっても喜ばしいことのはず。けれどもう一人の自分が、問いかけてくるんだ。

(その喜びを表す数値は、何パーセントくらい？)

そして散々考えた挙げ句、気付くんだ。僕は一パーセントも喜べないことに。それどころかむしろ百パーセント、彼が誰かを見つめることから、立ち直ることはできないだろうと。

「征也さん？」

猫足に括《くび》れたソファの足を意味もなく眺《なが》めていた僕は、いつの間にか電話を終えていた雅孝さんに呼ばれて、ビクリと体を強張《こわば》らせた。

顔を上げた僕の目に飛び込んできたのは、彼の瞳《ひとみ》に張り付いた、色を無くした自分の顔。

「どうかした…」

「…あの、雅孝、さん…もし、付き合っている人がいるのなら、遠慮《えんりょ》しないで言って…？」

声をかけてくる雅孝さんよりも早くそう言うと、僕はカップを置きながら何とか口角を上げて笑おうとした。

僕は三年前のあの日まで、父さんと二人、穏《おだ》やかに暮らしていた。でもそれは突然《とつぜん》、消え去った。

その悲しみを癒《いや》すように現れた、雅孝さんという存在がなかったら、僕は今も一人きりで喪《そう》失感《しっかん》と戦っていただろう。

雅孝さんがくれる穏やかで優《やさ》しい時間は、父さんと暮らした幸せな日々と重なり、僕にそれらが同じものだという錯覚《さっかく》を起こさせていた。

でも、僕はもう自分の気持ちを騙《だま》せない。雅孝さんに対する気持ちは、父さんに対して思う感情と同じではないのだから。

僕は雅孝さんのことが好きだと、溢《あふ》れるほどのこの気持ちを認めるのが怖かった。この恋心《こいごころ》は、決して口にしてはいけないものだって、わかっているから。

始まらなければ終わることもない。僕は彼を失うことが、ただただ恐《おそ》ろしかった。

「僕に気を遣《つか》う必要なんて、全然ないんだからね？　あ、でも恋人がいるのなら僕がこの家にいたら邪魔《じゃま》だよね…二人きりで、気兼《きが》ねなく会えないもん…」

どれだけ児玉さんが優しい人でも、他人の僕がウロウロしているのはやっぱり嫌だろうし、何より、幸せそうにしている雅孝さんの姿を傍《そば》で見るのは辛《つら》い。

「…っ」

彼を誰にも渡《わた》したくないくせに。心の中の僕がそう囁《ささや》いて、矛盾《むじゅん》した僕の気持ちを責め立てる。僕はこみ上げる喉《のど》の痛みを堪《こら》えながら、両手を握り締《し》めた。

「征也さん…何言ってるんですか？　邪魔って…その前に付き合っているって…一体誰と？」

目の前の雅孝さんは、呆気《あっけ》に取られた表情で僕を見ていた。僕は雅孝さんの様子に少し驚《おどろ》きながらも、恐る恐る答える。

「俺が？　児玉さんと!?」

「あの…児玉さん、と…」

雅孝さんは心底驚いた、という風な声を上げて上体を仰《の》け反らせた。その姿を傍《かたわ》らで丸くなっていたピートが眠《ねむ》たげな目で見上げる。

「どうして、そう思ったんです？　その…彼女と俺が…」

「修司さんが…いつも言っていたでしょう？　雅孝さん否定しないし…」

「そんな…！　あれは単なる冗談《じょうだん》で…」

「でも！　今日の昼間…駅前のカフェで…彼女の手を、握っていたのを偶然《ぐうぜん》見て…それにさっきの電話…児玉さんへのプレゼントを買ったんじゃ…」

雅孝さんがじっと僕の顔を見ている。駅前のカフェでの出来事はもちろん、バカな憶測《おくそく》まで咄嗟《とっさ》に口にしてしまった事に、僕は泣きたいぐらい恥《は》ずかしい。

二人が付き合っていることに対して、僕なんかがとやかく言う権利なんてどこにもないのに。

「…征也さん」

静かな声で呼ばれて、僕はビクリと身を竦《すく》ませる。雅孝さんの顔を見るのは怖かったが、無視してはいけない何かが、雅孝さんの呼びかけの中にあった。

しかし顔を上げた僕の目に映ったのは、『すぐに戻《もど》ります』という声と共に、リビングから風のように出て行く雅孝さんの後ろ姿。

「…こんな形でお見せするとは思わなかったんですが」

言葉どおり、すぐに戻ってきた雅孝さんは僕の隣《となり》に腰掛《こしか》けると、中ぶりの箱を僕に差し出す。見てもいいのだろうかと戸惑《とまど》う僕に、彼は目線で『開けてみて』と促《うなが》した。

「…これ…」

恐る恐る箱を開けると、中にあったのは腕時計。四角と丸を融合《ゆうごう》した有名なデザインのそれは、存在感のある輝《かがや》きを纏《まと》って僕の目の前に鎮座《ちんざ》していた。

「少し早いですが、俺からの入学祝いです」

受け取って下さい、と言う雅孝さんに、僕は一瞬《いっしゅん》、何が起こったのかわからなかった。

「え…僕に？」

箱を持ったまま呆然《ぼうぜん》と顔を上げる僕に、彼は優しく微笑む。

「あと、プライベートなことなので俺の口から言うのは憚《はばか》られるんですが…児玉さんは、来年早々に結婚《けっこん》するんですよ。もちろん、相手は俺ではありません」

「児玉さんが…結婚する…。相手は、雅孝さんでは…な、い」

突然のことに僕は混乱して、雅孝さんが言った事を呟《つぶや》くように復唱した。その間、小さく頷《うなず》いた雅孝さんは、僕を慈《いっく》しむように見つめてくれる。

「…それと、俺は、征也さんをお預かりしている身です。それは前に言いましたね？　俺はね、少し話が飛躍《ひやく》しますが…結婚とか、そういう自分の勝手な都合で征也さんに不自由な思いをさせるくらいなら、最初から同居を申し込んだりしません。それに、俺は征也さんと暮らすのが楽しいんです。これも、言いましたよね」

「うん…」

「だから、征也さんが俺を必要としなくなるその日までは、俺はあなたの傍から離れません」

畳《たた》み掛《か》けるように紡《つむ》がれる言葉が僕の胸を甘く貫《つらぬ》き、雅孝さんの囁くその声が、僕にはっきりと自覚させる。

僕はこの人を愛している。たとえ口にすることができない想《おも》いでも、僕はどうしようもないほど彼のことが好きで、好きで。

「…雅孝さん」

「なんですか」

僕はもう少し、この砂糖菓子《がし》のような夢を見てもいいのかな。甘く、ともすれば脆《もろ》い夢を。

「そんなこと言っていると僕、このまま居座って、気付いた時には雅孝さん、おじいちゃんかもしれないよ?」

ずっとずっと、雅孝さんと一緒《いっしょ》にいたい。そう強く願う一方で、この密《ひそ》やかな願いがばれないように、わざと意地悪く言うことしかできない、臆病《おくびょう》な僕。

「じゃあ、毎日言い続けます。…そうしたら征也さん、俺とずっといてくれるのでしょう?」

けれど雅孝さんは真摯《しんし》な眼差《まなざ》しを向けながら、僕の腕に時計を嵌めてくれる。この恋《こい》の行方《ゆくえ》に怯《おび》える僕を、包み込むように。

「…やっぱり少し大きいか…店の人の言うとおり、微調整《びちょうせい》が必要だな…」

「お店の人?」

雅孝さんが付けてくれた腕時計は僕には少し大きく、手首のところで若干《じゃっかん》浮いていた。僕の手首を目の高さまで持ち上げた彼が、独り言のようにそう呟くのを聞いて、僕は小首を傾《かし》げた。

「さっきの電話は、フィッティングの具合を聞いてきたものだったんです。征也さんの手首のサイズがわからないので、店ではとりあえず適当なサイズに調整してもらったので…」

「あ…」

存在しない恋人にではなく、僕の贈《おく》り物を選びに行ったのだと暗に知らせるその言葉に、僕は胸が一杯になったが、同時に落ち着かない気持ちにもなる。

「雅孝さん、この時計すごくステキだけど…でも、こんな高価なもの…」

正確な値段はわからないが、この時計が僕みたいな子供が持つには身分不相応だということ

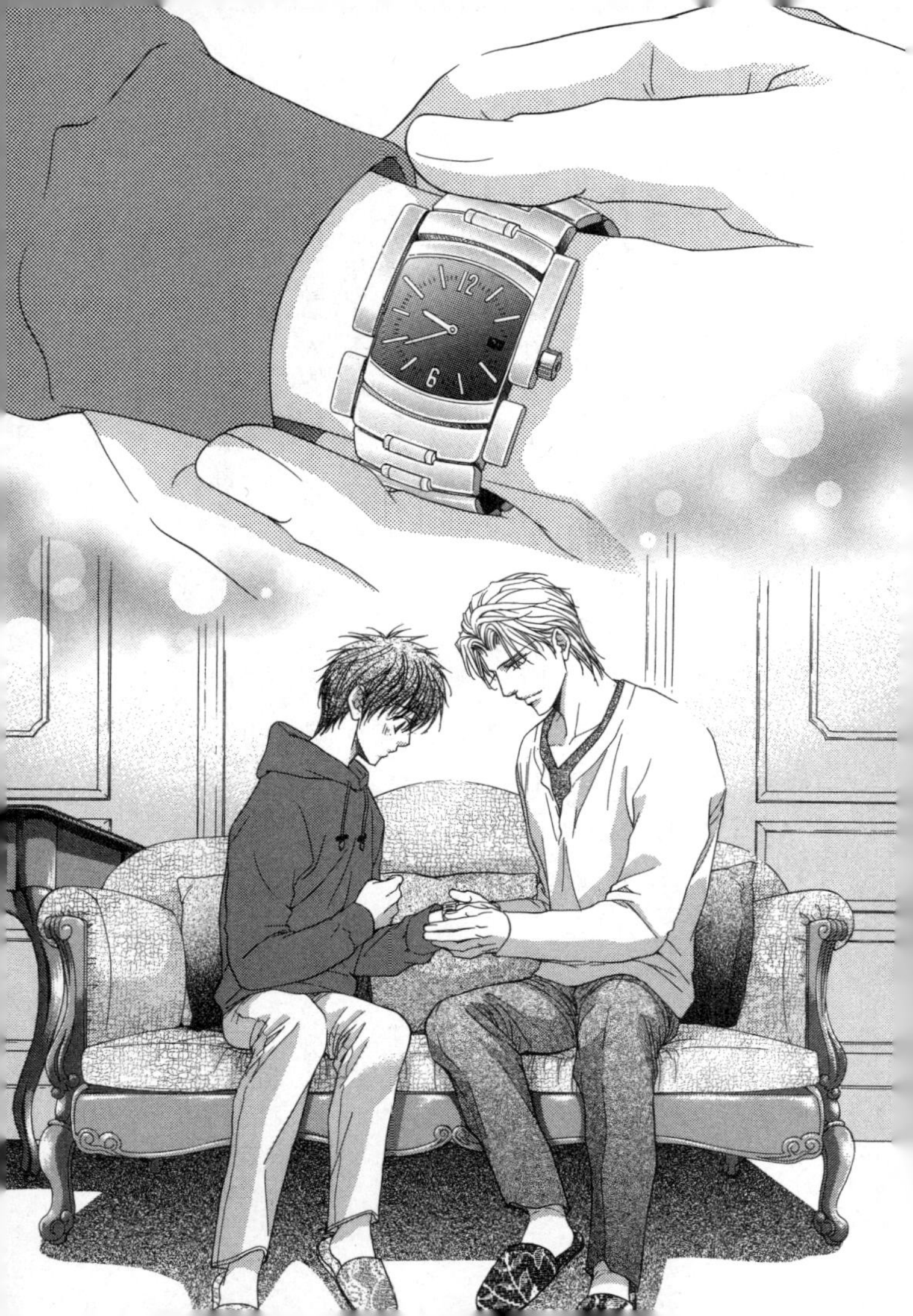

くらいはわかる。僕は首を軽く横に振って彼を見上げた。

「本当は征也さんと一緒に選びたかったんですけど、そうすると征也さん、受け取ってくれないでしょう? ゲリラ的ですけど、もう買ってしまいましたから」

雅孝さんは、予め《あらかじ》僕がそう言うとわかっていたかのように軽く笑って、僕の手首にぶら下がっている時計を軽く突《つつ》く。

「それに、時計は大切に扱《あつか》えば長く保《も》つものです。良いものを征也さんにずっと身につけてほしいという俺の勝手な思いですけど、受け取ってもらえませんか…?」

僕を大切に思ってくれる雅孝さんの気持ちが嬉《うれ》しい。たとえそれが僕と同じ意味のものでなくても。

「…ありがとう雅孝さん。僕、大切に大切に使うから…」

僕の雅孝さんを好きだと思う気持ちも、この時計と同じようにずっと僕の心に刻まれていくことだろう。僕は時計を箱にしまうと、宝物になったそれを胸に抱《だ》いた。

「日曜日にでも二人でお店に行きましょう。…あと、これはおまけです」

「オマケ?」

雅孝さんが背中から取り出した袋《ふくろ》の中には、横二十センチくらいの長方形の箱があった。

「わ…!」

彼がオフホワイト地にグレーの模様が付いた包装紙を取り、箱を開けると、中に詰《つ》められていたのはチョコレート。しかもそれらはすべてブリリアントカット状のダイヤモンドの形で。

「あの、征也さん…児玉さんの手を握《にぎ》っていた、というのは…俺が彼女の婚約《こんやく》指輪を見せてもらっていた時のことではないかと思うんですが…」

「え…?」

「いや…どう考えてもそれしか思いつかないんですよ…」

雅孝さんは幾分《いくぶん》決まり悪げに言葉を濁《にご》して、また考え込む。そんな彼の姿を見ていると、僕は急に今日の児玉さんの笑顔《えがお》が雅孝さんに対してではなく、指輪をくれた人へのものだという気がしてくるから、現金なことこの上ない。

「あの、雅孝さん。言うのが遅《おく》れたけれどごめんなさい。なんか僕…すごい勘違《かんちが》いして…その、失礼なこと一杯言っちゃって…」

「じゃあ、俺への疑いは晴れたと考えていいんですね?」

「いや…疑いなんて…そんな…!」

これまでの言い合いはまるで、恋人が浮気《うわき》をしているんじゃないかと疑うそれに似ていて、そんなことを考えてしまった僕はますます焦《あせ》ってしまう。

「まあ、彼女の手を取ってまでじっくり見ていた俺にも問題が…。このチョコレートを買ったのは、児玉さんのダイヤを見たせいでもあるんですよ。でも、落ち着いて考えてみるとこちらの方が断然いいですね。何といっても美味《おい》しいし」

「そりゃ、チョコレートだもの！」

大発見、といった様子で話す雅孝さんに、僕は声をあげて笑う。不安だった気持ちがいっぺんに吹《ふ》き飛んで、晴れやかな気分が僕を包んだ。

「じゃ、食べてみましょうか。これにはバニラ…、こっちはピスタチオクリームが入っているそうですよ？」

「どれもおいしそう…」

箱の中で色とりどりのダイヤモンドが並んでいる。チョコレートとわかっていても、僕は何だか心が震《ふる》えてしまう。

「ほら、征也さん」

そのうちの一つを摘《つま》んだ雅孝さんは、僕に食べさせてくれようと口に近づける。僕は口を開けると、彼の長い指が運ぶ甘い宝石を待ちうけた。

「ん…」

口をつけたチョコレートに歯を立てると、バニラのよい香《かお》りが口一杯に広がる。僕はあまりの美味しさに目を閉じ、口の中でとろけるそれを堪能《たんのう》した。

残りのチョコレートを運んだ雅孝さんの指先が僕の唇《くちびる》に触《ふ》れ、そして離《はな》れていく。名残惜《なごりお》しい気持ちで目を開けると、指に付いたチョコを舐《な》める雅孝さんの姿が目に入った。

僕の唇に触れた人差し指をゆっくり口に含《ふく》み、続けて親指に付いたチョコを舌先でペロリと舐める。

「あ…」

何気ない仕種《しぐさ》のはずなのに、僕の体は瞬時《しゅんじ》に熱を持ち、どこか気だるいような痺《しび》れと共に、じんわりとした疼《うず》きが下半身から這《は》い登ってくるのを感じた。

「征也さん？」

じぃ、と見ていた僕の視線に気付いた雅孝さんが、不思議そうな顔で僕を見ていた。途端《とたん》に僕は自分がものすごくはしたない人間のように思えてくる。

「そう…いえば…僕、雅孝さんに聞きたい事が…」

「何ですか？」

「ええと、その…」

聞きたい事なんて本当はない。しかし僕は込み上げてくる不確かな熱を押さえ込むために、藁《わら》にも縋《すが》る思いで気持ちの転換《てんかん》を図《はか》った。

ウロウロと視線を動かした先に見つけたのは、オックスフォードの英英辞典。これだ、と僕の心の声が叫《さけ》ぶ。

「あのっ、雅孝さんはどうして翻訳家《ほんやくか》になろうって思ったの？」

「どうして、ですか…？」

雅孝さんは質問に対して、何だ、そんなこと？　と言いた気に目を瞬《また》かせた。僕は、自分の体の変化を気付かれなかったことにホッとしながら頷《うなず》くと、彼の次の言葉を待った。

「前にも言いましたよね？　川原先生…あなたのお父さんが俺に外国語を学ぶ素晴《すば》らしさを教えてくれたと？」

覚えのある話に僕は頷く。雅孝さんは一息つくと、静かに話し出した。

「先生と出会った頃《ころ》の俺は、なんと言うか…自分の将来に対して強い疑問や不安を感じていました。とはいえ、子供ですからね。始終イライラしているだけで、何をどうすればいいのかわからないまま、ただいたずらに時を過ごしていたんです」

「雅孝さんが…イライラ…？　想像できないなあ…」

目の前の穏《おだ》やかな雅孝さんを見る限り、彼が語る過去の雅孝さんを思い浮《う》かべるのは難しい。

雅孝さんは少し照れくさそうに笑うと、何かを思い出したかのように遠い目になる。

「中学三年の時かな…家に帰るのが嫌で、連日図書館に居座っているだけの俺に、偶然《ぐうぜん》通りかかった先生が言ったんです。『図書館は本を読むところなんだから、そんな風にダラダラ過ごさないで、ここにある本、片っ端《ぱし》から読んでいったら？』ってね。ムッとした俺が、『どこから手を付ければいいかわかりません』って答えたら、『じゃあ僕のお勧《すす》めの本を読んでみる？』と、先生自身の本を貸してくれました」

今の僕より年下の雅孝さんが、今の僕よりもう少し年上の父さんと話す姿を想像すると何だか変な感じだ。けれど二人がそうして出会わなければ、こうして僕は雅孝さんと向かい合って話してはいないだろう。

「最初は斜《なな》め読みしていたんですが、面白《おもしろ》くなってきて…そのうち引き込まれるように読み耽《ふけ》りました。読み終わっては先生に返して、また借りて。連日寝不足《ねぶそく》でしたが、全然苦になりませんでした。それからというものの、先生と読んだ本について夢中で話し合ったり…楽しかったです。『君が孤独《こどく》な時、本は君の支えになってくれる。君が読んだ言葉は翼《つばさ》となって、君を広い世界へと連れて行ってくれるはずだ』…これは先生から言われて、俺が一番心に残っている言葉です。俺は、その広い世界へ誘《いざな》う案内人になりたくて、翻訳家になったというわけです。今は専門的なものを訳していますが、その内、詩や小説なども手がけてみたいですね」

語り終えた彼の話は一陣《いちじん》の風となり、僕の心の中にある木々の葉を揺《ゆ》らす。その一方で強烈《きょうれつ》なまでの願望が僕の中に渦巻《うずま》いていた。

僕はもっと早く雅孝さんと出会いたかった。父さんを失う悲しみと引き換《か》えではなく、もっと普通《ふつう》の形で僕らが出会っていたら、どんな感じだったんだろう?

過去を変えることはもちろん出来ない。けれど父さんと三人で話す場面を想像する度、僕の心には小さな謎《なぞ》が生まれる。

僕は、父さんが大学の研究室に入る前まで、雅孝さんの母校である私立学校に勤めていたことは知っていたけれど、雅孝さんのことはおろか、その当時の思い出話などは聞いた事がない。父さんは物事を深く考える人だった。そんな父さんが母さんと別れてまで、日本で、その学校で教鞭《きょうべん》を執《と》ることを選択《せんたく》したのに、たった数年で辞《や》めてしまっている——僕はその事について今まで特に気にした事もなかったけれど、落ち着いて考えてみれば何だか腑《ふ》に落ちない。

「父さん、どうして僕には雅孝さんのことを何も話してくれてなかったのかな…」

僕は何気なくそう言ったにすぎなかった。けれど瞬時に、雅孝さんの表情が強張《こわば》ったのを見て、僕は言ってはいけない事を言ってしまったのだと悟《さと》った。

思えば雅孝さん自身のことを僕はまるで知らない。今住んでいるこの家は彼のお母さんの持ち物だということらしいが、それ以外のことはわからないままだ。

どうして彼が長い海外生活にピリオドを打って帰国したのか。その前は一体何をしていたのか。そして、彼の家族は？

それらの事に僕は長い間疑問を持っていたが、敢《あ》えて聞く事をしなかった。

「それは…俺にとっては特別でも、先生にとって俺は一生徒にしか過ぎませんからね。わざわざあなたに話す事でもなかったんでしょう」

次の瞬間《しゅんかん》にはもう雅孝さんはいつもの彼に戻《もど》っていた。けれどさっき一瞬《いっしゅん》だけ見せたあの、まるで何の感情も宿していない瞳が、僕の心の奥にある何かを震わす。

(彼の過去を聞かなかったんじゃなくて、聞くのが怖《こわ》かったんじゃないのか。)

そう誰かが、僕の耳元で囁《ささや》く。しかし僕はその言葉に心の中で大きく首を振《ふ》った。

「でも…すごいね。そんな昔の繋《つな》がりが、僕らを引き合わせてくれたんだもの」

「…そうですね。人は気付かないうちに、自分の運命の扉《とびら》を開く鍵《かぎ》を、誰かから渡《わた》されているのかもしれません」

怖いのは、彼を疑う事。繋いだ手と手が離れてしまう事。

「僕にとってその誰かは、雅孝さんだよ」

雪の中、僕に向かって伸《の》びてきた彼の手。手を取ったあの瞬間、僕の運命は変わったんだ。

「俺が？」

「だって雅孝さんと出会わなければ僕は、経済を…大学で国際経済を学びたいなんて思わなかったし、その前に一番難しい学部に合格できなかったよ。本当に、いくら感謝してもし足りないくらい…それなのに僕、あなたに何も返せないのが辛《つら》いよ…」

僕が雅孝さんの役に立つ存在になれるのか、自分でも自信がない。けれど僕はどんなことでもいい、彼が困ったときに助けられるような人になりたい。

「征也さん…！」

雅孝さんは感極《かんきわ》まったような声を上げた後、しばらくの間僕の顔を見つめていた。

「そんなこと…何かを返すだなんて…そんなことを思う必要はありません」

「雅孝さん」

「征也さん…あなたは傍にいてくれるだけでいい。俺の望みはそれだけですよ」

雅孝さんは僕の髪にそっと手を置くと、もう片方の手で僕の頬《ほお》に触れた。

ああ、雅孝さんに触れられると、僕の胸の中に住む小さな鳥が一斉《いっせい》に羽ばたく。そして僕の彼への恋心《こいごころ》は、その鳥達が飛び立つ時に落とす羽根のようだ。

もしそれが目に見えるのなら、淡雪《あわゆき》のような白い羽根が雅孝さんへと絶え間なく舞《ま》い落ちて、やがて彼を包み込むだろう。

降り積もる柔《やわ》らかいそれが生み出す絨毯《じゅうたん》に、彼は頰を寄せてくれるだろうか。僕に向かって手を伸ばしてくれるだろうか。

「征也さんの望みも、俺と同じであってくれればいいのに…」

目を閉じた僕の神経は研《と》ぎ澄《す》まされ、ほとんど聞こえないくらいの声で呟《つぶや》いた雅孝さんの言葉が耳へと流れてくる。

その言葉を聞いた僕の体は再び炎《ほのお》のごとく燃え盛り、チリチリと焦《こ》げ付くような熱さが全身に広がる。僕はその熱に身を震《ふる》わせながらも、頰を雅孝さんの手のひらに預けた。

彼の過去なんてどうでもいい。僕はいつまでも雅孝さんと二人、目の前に続いていく道を歩いていきたいんだ。

好き。

雅孝さんが好きだ。

身も心も蕩《とろ》けるようなこの時間以外、今は何も要《い》らない。

# 第四章

「そんなに珍《めずら》しいですか？」

僕はさっきから、雅孝さんの手から生まれる繊細《せんさい》な芸術品に目を奪《うば》われっぱなしだった。

「…これがラディッシュだったなんて、信じられない！」

修司さんが言っていた『アレ』とは、タイ王国の伝統芸、といわれるカービング。

雅孝さんは先が細いカービングナイフ一本で次々と野菜や果物に切り込みをいれ、鮮《あざ》やかに作品を仕上げていく。

「…どこで習ったか、ですか？…その、カルチャースクールで」

「カルチャースクールぅ？…あの、新聞とかで募集《ぼしゅう》している？」

雅孝さんがいつどこでそれを習得したのか興味を抱《いだ》いた僕がその事を質問すると、あっさりとそう答えた彼に、僕は拍子抜《ひょうしぬ》けした。

「ええ。タイに旅行に行ったときにおもしろそうだなーって思っていたら、新聞に載《の》っていたので」

「一人で通ったの？」

雅孝さんが文化教室に通う姿。想像してみると、なんだかすごい違和感《いわかん》。

「そうですよ。おかしいですか？」

「おかしい……いや、おかしくない……うーん……」

差別的な発想かもしれないけど、文化教室に通うのは女の人が多い。雅孝さんにみたいに若くて素敵《すてき》だと、その教室に通っていた人たちはさぞかし度肝《どぎも》を抜《ぬ》かれただろう。

「はい、最後の一個」

雅孝さんの大きな手のひらに載《の》せられた、小さな完成品を僕はじっと見つめる。さっきまで赤紫色《あかむらさきいろ》の野菜だったものは、今では縁《ふち》がほんのり色づいた白いバラだ。

「ホント、今日は驚《おどろ》きの連続だよ！　この中もいつもとまるで違《ちが》うし……」

パーティの準備の為《ため》に学校が終わるとすぐにお店を訪《おとず》れた僕は、修司さんが飾《かざ》り付けた店内を見て驚愕《きょうがく》した。

店内には淡いピンクのイングリッシュローズが、濃いピンクのつるバラと共にあちこちに飾られ、それらは円テーブルにかけられた真っ白なテーブルクロスによく映《は》えていた。

「修司さん。僕、これ運ぶの怖いんですけど……」

今日開かれるパーティのために、修司さんはフルート型のシャンパングラスを用意していた。素人《しろうと》の僕でも分かるくらい高価そうな、輝《かがや》きに満ちたクリスタル製のそれらは、複雑なカッティングが施《ほどこ》され、窓から差し込む日差しに煌《きら》めいていた。

「うん？　ああ、気にしなくていいよ。それ、安い方だから」

修司さんは一つ一つのテーブルの上に、紫色のビオラを生けた小さな花瓶《かびん》を飾り、僕を振り返る。

それでも、聞いた値段は僕には気が遠くなるようなものだ。僕は手にしていたグラスをそーっと元の場所に戻すと、二、三歩後ずさる。

「心配しなくても、運ぶのは俺と雅孝でするから。征也君はカウンターにいて、氷とかオードブルを用意してくれたらいいからね」

修司さんは昨日遅《おそ》くまでパーティの準備をしていたのか、幾分《いくぶん》顔色が悪い。僕がそのことを指摘《してき》すると、彼は花屋が約束の時間に遅れて徹夜《てつや》作業だった、と苦笑いした。

「まあこれだけ大量のバラを集めてくれただけ、感謝しないといけないんだけど」

しっかり者の修司さんは、遅《おく》れたお詫《わ》びに、花屋からビオラの花をタダでもぎとったのだと言って、カラカラ笑った。

「お前は転んでもただじゃ起きない性格だな…」

眉《まゆ》を寄せた雅孝さんに、修司さんはやりくり上手と言え、と鼻であしらう。

「あ。これ、征也君の着替《きが》え。サイズ、たぶん合うと思うんだけど」

あと一時間もすれば、パーティの参加者達が到着《とうちゃく》する。仕事が一段落着いた僕は、先に奥に行って着替えることにした。

「すごい…本格的」

修司さんから渡された服は、外国のカフェのギャルソンそのままに、ドレスシャツと黒のベストにトラウザーズが一揃《ひとそろ》い用意されていた。

いつもバイトで付けている黒いエプロンとは違《ちが》い、今日のものは真っ白だ。蝶《ちょう》ネクタイを結び、漆黒《しっこく》の上着を着ると、僕はさしずめ、見習いギャルソンというところか。

着替えを終えて奥の部屋から出ようとした時、壁《かべ》にかけられた鏡に、いつもと違う僕が映っていた。

しかし同じものを雅孝さんや修司さんも着るのかと思い、少々げんなりしつつ扉《とびら》を薄《うす》く開けると、外にいる二人の会話が自然と耳に入ってきた。

別に立ち聞きをするつもりではなかったけれど、何となく出て行くきっかけをなくした僕は、その場で暫《しばら》く佇《たたず》む。

「…お前、もし、俺と征也さんが手伝いに来られなかったら、どうするつもりでいたんだ？」

ラディッシュを切り終えた雅孝さんは傍《そば》にあった苺《いちご》を切っているのだろう、ヘタを切る、トン、という小気味良い音が聞こえる。

「うーん、何とかなるかなーって…うん、ウマイ」

白いお皿に綺麗《きれい》に盛り付けられた苺の一つを摘《つま》みながら、修司さんはのほほん、と言った。

「何とかって…お前、ホントにそれでこの先店続けていけるのか？　薫《かおる》とだって…」

「雅孝！」

カオル。たぶん人の名前だろう、雅孝さんがその言葉を口にした途端《とたん》、修司さんの鋭《するど》い声が、穏《おだ》やかだった空気を一変させた。

「その名前は聞きたくない」

修司さんは腕を組むと、雅孝さんから背を向ける。僕から見えるのは修司さんの凍《こお》りついたような横顔だけで、雅孝さんがどんな表情をしているのかは見えなかった。

「…いつまで意地を張るつもりなんだ？」

雅孝さんの低い声色《こわいろ》が、静寂《せいじゃく》を切り裂《さ》く。

修司さんは口をきつく結んだまま、何も答えない。それから雅孝さんの深いため息と、宥《なだ》めるような口調で修司さんに話しかける声が聞こえてくる。

「なあ、修司。俺はカフェ経営が悪いって言っているわけじゃない。でもお前、日本に戻《もど》って来たって、薫との問題が解決するわけじゃ…」

「一昨日、薫からメールが来た」

切る音がぴたりと止まる。

「…何だって？」

「あいつ、今、日本に来てる。お前の様子を聞いてきた」

「言ったのか」

すぐさま聞き返した雅孝さんの声は、今まで聞いたことの無いような厳しいものだ。

「俺が？　三年前に別れてから音信不通なのに？　メールを送りつけてきたってことは、お前のことも、調査済みってことさ。それくらい朝飯前なこと、元上司のお前ならわかるだろ?」

「それで、返事は?」

修司さんは首を振《ふ》ると親指の爪《つめ》を嚙《か》んで、今にも泣きそうに顔を歪《ゆが》める。

「あいつがここに来るかと思って、俺、ずっと待ってた。…でも来なかった。何で? 何で今さらこんな思いしなきゃ…」

「…そうか」

抑揚《よくよう》のない雅孝さんの声は、相槌《あいづち》とも独り言ともつかない曖昧《あいまい》な響《ひび》きで、どこか重た気な空気に溶《と》けて流れた。

「俺、確かに薫から逃げているよ。パリから帰国する時、あいつにあんな嘘《うそ》ついて…。でも、ああでも言わなきゃあいつ、家も何もかも捨てるって言うに決まってる。そんなこと、させるわけにいかないだろう…?」

修司さんの声は徐々《じょじょ》に震《ふる》えて、頰《ほお》に伝う涙《なみだ》が、僕の目にはっきり見えた。それは修司さんの胸に秘《ひ》められていた、切ない想いが放つ光のようで、関係のない僕でさえ胸が痛む。

「…でも、もう一方で期待していた自分がいるんだ。この三年、不意にあいつがあのドアから現れるんじゃないかって…ホント、バカみたいだ、俺…」

「修司、泣くな。もうすぐ征也さんが戻る。そんな顔見られたら、何て説明するんだ?」

堪《こら》えきれないように嗚咽《おえつ》をもらした修司さんに、雅孝さんは早口でそれを諫《いさ》める。

僕はどうしようかと迷ったけれど、これ以上姿を見せないのはおかしいと思われるのが怖《こわ》くて、少し間を空けて扉を開けた。

「…上手《うま》く結べないんだけど、これ」

出る直前、蝶ネクタイを咄嗟《とっさ》に外した。僕はそれが上手く結べないために手間取っていた風を装って出て行く。

「俺がしましょう。修司、お前も着替えてこいよ」

「…ああ」

修司さんが顔を伏《ふ》せて僕の横を足早に立ち去る。彼の様子がおかしいことに気付いてない振りをしつつ、僕は雅孝さんの前に立った。

「少し上を向いてください」

雅孝さんは僕の手からタイをとると、慣れた手つきで僕の首元に蝶々《ちょうちょう》を作り上げてゆく。

心持ち伏せられた雅孝さんの睫毛《まつげ》が影《かげ》を落とし、僕はさっきの話の意味を聞きたい衝動《しょうどう》にかられたけれど、修司さんの泣いた横顔を思うと、結局何も言えないままだった。

「これでよし」

首元に手をやると、きれいに結ばれたタイが、そこにあった。雅孝さんは僕の姿を眺《なが》めると、満足そうに微笑《ほほえ》む。

「…素敵なギャルソンですね。後で俺にも給仕《きゅうじ》してくれますか？」

目の前にいる雅孝さんは、いつもの声で僕をからかう。そこに、さっき聞いたほの暗い響きは、どこにも感じられなかった。

「…今日の夕食の時、この恰好《かっこう》で雅孝さんの隣《となり》に立っていようか？『ウィ、ムシュー』って？」

僕は、先程《さきほど》のことを打ち消すように、わざとおどけて雅孝さんに笑いかけた。

「いいですね。食事がより楽しくなりそうですよ」

雅孝さんは苺を僕の口に、ご褒美《ほうび》のようにほうりこんでくれる。

口の中に甘酸《あまず》っぱい香りが広がり、苺の粒《つぶ》を噛み締《し》める度、僕の雅孝さんへの恋心《こいごころ》がプチプチと弾《はじ》けた。

「…雅孝。お前はイメクラ通いの親父《おやじ》か！　征也君、コイツと住むの、考え直したほうがよさそうだよ？」

僕らの会話を聞きつけた修司さんが、腰《こし》に手を当て、呆《あき》れたように僕に進言する。

「大きなお世話だ。それより修司、バカみたいに作らせたコレ、何に使うんだ？」

雅孝さんは憮然《ぶぜん》として、冷蔵庫に冷やしていたラディッシュのバラを取り出していた。

その様子はいつもの彼らで、僕は扉近くの鏡から魔法の粉をかけられ、あの短い間、白昼夢を見せられたのかもしれない、と錯覚《さっかく》しそうだ。

「ああ、それ、シャンパンクーラーに浮《う》かべるんだよ。飾ったバラと調和してて良いだろ？」

お前も早く着替えて来い、と修司さんは奥の部屋を指差すと、雅孝さんをカウンターから追いやった。

修司さんが準備したワゴンの上には、ガラス製のシャンパンクーラーが五つ。

その一つ一つにシャンパンのボトルが入れてあり、僕は修司さんの指示に従って、その八分目までに氷水を入れた。

「パーティが始まるのが三時だから、今ぐらいから冷やしておくのがいいからね」

六度から八度の温度で、二十五分から三十分間冷やしたシャンパンが、一番美味《おい》しいんだそうだ。僕は氷を浮かべた水に、雅孝さんの作ったラディッシュのバラを落としていった。

いったん沈《しず》んだ後、ぷかりと浮かんだそれらはまるで睡蓮《すいれん》のようで、僕は指先でそれらをそっとつついた。


「いらっしゃいませ。ようこそ」

三時過ぎに、パーティの参加者が次々と到着《とうちゃく》した。両家の招待客はそれぞれにこやかに談笑《だんしょう》し、ささやかな宴《うたげ》は始まろうとしていた。

「あら、今日はシャンパン？」

本日の主役の一人である綺麗な女性は、修司さんが注いだ黄金色の液体に目を輝《かがや》かせた。

「お祝いの席なので。本日はこちらを用意させていただきました」

修司さんが手に持ったボトルを皆《みな》のほうへ向けると、その鮮《あざ》やかな赤のラベルに、彼女は感《かん》嘆《たん》の声を上げた。

「まあ！　私、前から飲んでみたかったの！」

彼女のはしゃいだ声に、傍《かたわ》らに立つ婚約者《こんやく》の男性は、笑顔《えがお》で頷《うなず》いた。

「どんな味なのかしら？」

金色に染まったグラスを眺めつつ、隣のテーブルにいた初老の女性は、それを注いだ雅孝さんに尋《たず》ねる。

「そうですね…香りはシトラスのような爽《さわ》やかな香りですが、飲んでいただくと、フルーティな中にも、僅《わず》かに蜂蜜《はちみつ》をぬったトーストの風味が致《いた》します」

「それは楽しみだこと」

雅孝さんの淀《よど》みない説明に、その婦人はにっこり笑うと、グラスを高めに持ち上げた。

「みなさん、グラスはお持ちになりましたかな？」

全員のグラスにシャンパンが注がれると、花嫁《はなよめ》の父となる男性が、乾杯《かんぱい》のための短いスピーチを始める。

「では、乾杯！」

グラスが触《ふ》れ合い、高らかなベルのような音があちこちから響き、シャンパンが皆の喉《のど》を潤《うるお》していく。

そして最小限に抑《おさ》えたBGMと人々の歓談《かんだん》の声が、店の中で和《なご》やかに溶け合い、漂《ただよ》う花の香りとシャンパン、そしてゆったりとした時の流れが、人々を陽気にさせていった。

「あなたは…藤本さんの弟さんかしら？」

空いたお皿を片付けていた僕に、優《やさ》しそうな中年の女性が声をかけてきた。

「いえ。僕は普段《ふだん》ここのカフェでバイトをしている者です。今日はお手伝いで…」

トレイに載《の》せたお皿に気をつけながら、それでも僕は相手の人に失礼にならないよう、彼女の目を見て話す。

「そう。娘《むすめ》のパーティのためにお手伝いしてくださっているのね。どうもありがとう」

笑顔でお礼を言われて僕は、こういう場合、『おめでとうございます』と言った方がいいのかな、と彼女にお辞儀《じぎ》をしながら考えた。

「おや、ハンサムな殿方《とのがた》をナンパかい？」

そこへ、先程スピーチをした男性が、妻である彼女をからかうように傍《そば》にやって来た。

「嫌《いや》だわ。若い人がこんなお婆《ばあ》さんを相手にするわけがないでしょう？」

「い、いえ、そんなっ」

細い手をひらひらと振《ふ》って、彼女は夫に顔をしかめてみせる。僕は慌《あわ》ててトレイをテーブルに置くと、両手をぶんぶん振って否定した。

「かわいらしいわねぇ…」

慌てた僕を見て、二人は楽しそうに笑い合う。そして、彼女の夫は次なる会話の相手を探して、また離《はな》れていった。

「ごめんなさいね、からかったりして。あの…失礼ついでに、教えてほしいのだけれど…」

くすくす笑っていた婦人は、ふと思いついたかのように僕の方に顔を近づけた。

「何ですか？」

「ええっと…そのね…」

急に声のトーンを下げた婦人は、僕の顔を覗《のぞ》きこんだが、少し決まり悪げに口ごもる。

たぶん、彼女にとって聞きたい内容とは、少し品位を下げることなのかもしれない。

僕はそう推測し、僕に答えられることであれば、と明るく言うと、彼女は安心したように質問を口にした。

「もう一人の、あそこで給仕をされている方なのだけれど…」

「九条さんですか？」

よく知らない人の前で年上の雅孝さんを、『雅孝さん』と呼ぶのは憚《はばか》られたので、僕は彼の苗字《みょうじ》を口にする。

「九条さんとおっしゃるの。…じゃあ、違《ちが》うわね…」

彼女は、でも、似ているのよねぇ、と呟《つぶや》いて首を傾《かし》げる。

「いえね、彼、知人の息子《むすこ》さんによく似ていらしたから。でも、そんなわけないわよね…。だって彼がその人なら、こんなところで優雅《ゆうが》にシャンパンを注いでいるわけがないもの」

やだわ、もうボケてきたのかしら、と彼女は笑ったが、僕は妙《みょう》な胸騒《むなさわ》ぎがして、彼女に尋ねずにはいられなかった。

「あの、僕も失礼を承知でお尋ねするんですが、どうして九条さんがその人のわけがないんです？」

「…え？　どうしてって…」

詰《つ》め寄るように聞いてしまった僕に、彼女はさすがにびっくりしたようだった。

「…あのね、これ、内緒《ないしょ》の話よ？」

しかし彼女は僕に話しても害はないと思ったのだろう、また一段と声を低くしたものの、内容は僕の耳にハッキリと伝わった。

「秋吉雅嗣《あきよしまさつぐ》さん…ええっと、ご存じ？　秋吉グループの社長をされている方なのだけれど」

「はい。会社のお名前だけは」

彼女が口にしたのは、僕でも知っているくらい有名な企業《きぎょう》の名前だ。戦後すぐ、占領軍《せんりょう》相手に財を成した会社が母体で、今では海外にも多くの支社を持つ。

「その方の息子さんに似ているのよ。たぶんヨーロッパにいらっしゃると思うんだけど。でもね、秋吉さん、数日前に倒《たお》れられたらしくて…本社は上を下への大騒《おおさわ》ぎらしいの。ホント、怖《こわ》いわよねぇ…突然《とつぜん》の病気って」

「そう…ですね…」

シャンパンを一口飲み、考え込むように首を軽く振る彼女に、僕はかろうじて相槌《あいづち》を打つことだけは出来た。

バラバラなパズルのピースだけが、僕の頭の中で増えていく。僕は彼女にお礼を言うと、トレイを持って立ち去った。

「征也くん、火をつけたと同時に店内の明かり、消してくれる?」

カウンターに戻《もど》ると、修司さんが生クリームとベリー類をたっぷり使った、ハート型の大きなケーキの上に差した花火に点火しようとするところだった。

「はい」

僕は運んだお皿をシンクに置くと、壁際《かべぎわ》にある明かりのスイッチの脇《わき》に立ち、修司さんの火をつけるタイミングに合わせて、店内の明かりを消す。

急に暗くなった店内に、キラキラと光を振りまくケーキが登場し、その場にいた人々はどよめきにも似た歓声《かんせい》を上げた。

光の向こうに、雅孝さんが見える。にこやかに笑って、優雅に拍手《はくしゅ》をしている彼の姿が。

僕らは知り合ってまだ三年しか経《た》っていない。僕が彼のことをすべて知っている、と考えるのはあまりに傲慢《ごうまん》だ。
彼の過去のことなんてどうでもいいと思ったのは、つい昨日の事じゃないか。
それなのに僕は、どうしてこんなにも胸がざわつくんだろう?

# 第五章

学食の横に広がる中庭には、レンガ敷《じ》きの小道の先に建つ小さな東屋《あずまや》があった。

いつもお昼は男子部女子部の区別なく、たくさんの生徒達でにぎわうそこも、放課後は生徒も少なく、僕らの他《ほか》に中庭にいる生徒はいない。

「どうしたのマリ、『話がある』なんて…」

放課後、帰る支度《したく》をしていた僕の教室に現れた真理は、『ちょっと話があるんだけど』とだけ言って僕を連れ出していた。

公一は歯医者に行くと言ってホームルームが終わると教室を後にした。こんな風に真理と二人きりになることはあまりないから、何だかおかしな感じだ。

真理は僕とここへ来る途中《とちゅう》も今も何も言わず、持参した紙パックのオレンジジュースにストローを挿《さ》す。僕は暫《しばら》くの間、黙々《もくもく》とジュースを飲み続ける真理の横顔を眺《なが》めていた。

「…ゆきちゃん」

「…何?」

突然、真理は思いつめたような顔をして僕の名前を呼ぶ。

何を言われるのだろうと思いながら僕は次の言葉を待っていたが、真理は何も言わず再び前を向いたかと思ったら、いきなり自身の鞄《かばん》の中をかき回し始めた。

「マリ？」

「これ！」

面食《めんく》らった僕に真理が勢いよく出してきたのは、一冊の経済誌だった。

「何これ？」

表紙の日付を見ると、今から三年前のものだ。一介《いっかい》の高校生である僕らにはあまり縁もなさそうなそれに、僕は首を捻《ひね》る。

「うちの父さんが定期購読《こうどく》しているやつ。たまに特集が面白《おもしろ》いと俺も読むんだけど…」

パラパラとページをめくると、その誌面はいかにも専門誌らしい内容で、一見しただけでは何が書いてあるのかわからない。

「昨日、偶然《ぐうぜん》クローゼットの奥からそれが出てきて、何とはなしに見ていたんだ。で…ここ」

付箋《ふせん》紙が貼《は》ってあるページを開くと、僕は驚《おどろ》きのあまり、固まってしまった。

『クローズアップ』——企画《きかく》タイトルから見開き数ページにわたって、経済界で活躍《かつやく》する人物の経歴と現在の仕事ぶり、そして私生活などが紹介《しょうかい》されていた。

「俺、昨日これ見た時、何かの間違《まちが》いじゃないかって思って。苗字も違うし…」

記事によると雅孝さん（記事には『秋吉雅孝』と紹介されていた）は、秋吉グループの次期総帥《そうすい》であり、その卓越《たくえつ》した経営手腕《しゅわん》は、とても二十代とは思えないくらいなのだという。

更《さら》に、いわゆる社長の息子、というお飾《かざ》り的なポジションに甘んじることなく、数あるライバル社より抜《ぬ》きん出たコストの削減《さくげん》に成功し、優《すぐ》れたマーケティング力と斬新《ざんしん》なサービス方法で、年々社の利益をアップさせている、とコメントされていた。

写真には、どこかのパーティに参加した時に撮《と》られたものだろう、正装した雅孝さんが、リムジンから降りてきた、とても綺麗《きれい》な女性をエスコートしている。

ミッドナイトブルーのタキシードに身を包んだ雅孝さんの姿は、ハッとするほど華《はな》やかで優美だった。けれどその表情はどこか硬質《こうしつ》で、ともすれば残酷《ざんこく》さを秘《ひ》めた印象だったし、誰一人信用していないかのようなその醒《さ》めた目付きは、今の彼からは想像できない。

「今と随分《ずいぶん》感じが違うよな。この女の人との事だって…」

横から覗《のぞ》いている真理は、雅孝さんの隣《となり》で微笑《ほほえ》む女の人を指差す。

写真下の紹介文には、彼女はさる有名政治家の令嬢《れいじょう》で、近く雅孝さんと結婚《けっこん》する予定、と書かれていた。

「雅孝さんが秋吉グループの御曹司《おんぞうし》…」

運命を変える鍵《かぎ》は、再び思わぬところから現れた。僕は雑誌を閉じると真理の方を向く。

「マリ、お願いがあるんだけど…この雑誌、しばらく貸してくれない？　ちゃんと返すから」

「う、うん…いいけど…」

僕は急いで荷物をまとめると、東屋から出て行こうとした。

「ゆきちゃん！」

駆《か》け出した僕を、真理が後ろから呼び止める。振り返るとその表情は、何かとんでもないことを自分がしてしまったんじゃないかという、悔恨《かいこん》のそれだった。

「俺…」

「マリは何も心配しなくていいよ。でも、お願いばかりで悪いけど、このことは公一には黙《だま》っていてほしい。公一だけじゃなく、他の誰にも。お願いだよ…」

真理は硬《かた》い表情を崩《くず》さず、僕の顔をじっと見つめたままだ。

「ごめんマリ。僕、もう行かなきゃ」

「…言わない。絶対誰にも言わない。その代わり…忘れないでくれよ。ゆきちゃんには、公一と俺がついているってこと」

再び踵《きびす》を返した僕に、真理はそう言った。怒ったような声で言っているのに、真理の言葉は僕の心を熱くする。

「うん…忘れないよ」

喉《のど》の奥に痛みを感じながら、僕は真理に背を向けると、そのまま振り返らずに走り続けた。

「修司さん！」

謎《なぞ》はまだ完全に解けていない気がした。僕はそのヒントを、ともすれば謎の一部でもある修司さんに求めるために、彼の店へと急いだ。

「修司さん？」

今日が定休日の月曜だと気付いたのは、なぜかドアが開いていた店の中に飛び込んだ時だ。そして中に修司さんはいなかった。

「誰だ？」

その代わり店内にいたのは、見たことの無い男性。彼はかなりの長身で、長い足を持て余すように座っていたスツールをくるりと反転させると、僕を振り返った。

着ているスーツはダークな色合いで、中に着たクレリックシャツに合わせているのは光沢《こうたく》のないチャコールグレーのネクタイ。

服装といい、切れ長の目を細めて僕を見る視線といい、彼の雰囲気《ふんいき》はどこかSP然としていて、その姿には一分の隙《すき》もない。

「あなたこそ…誰です？」

しかし彼の尊大ともいえる態度は、妙《みょう》に僕をイラつかせた。ムッとした僕はつい、生意気ともとれる態度で言い返してしまい、案の定、目の前の彼は気分を害したようだった。

「質問に質問で返すな。まったく…最近のガキはホント、礼儀《れいぎ》もへったくれもないな」

男は軽く舌打ちをして、スーツの内ポケットから銀のシガレットケースを取り出すと、その中の一本に口を付ける。

まるで映画のワンシーンのようなその姿をもし街で見かけたなら、思わず見とれてしまっただろう。けれど生憎《あいにく》、この店は禁煙《きんえん》だった。

「…ここでタバコを吸うのはだめです」

彼に向かって僕は歩み寄ると、くわえているタバコをもぎ取った。

僕の行動に彼は最初、呆気《あっけ》にとられた様子だった。しかし、ネクタイのノットを軽く緩《ゆる》めると立ち上がり、僕を見下ろす。

「…チビ、あんまり舐《な》めた真似《まね》すると…」

「…舐めた真似してんのは、お前だろう」

ゆらり、と男の背後に立った人物は、何か硬いもので彼の後頭部を殴《なぐ》りつけた。ゴッという音と共に、軽い呻《うめ》き声が上がる。

「いって…ぇ！　何すんだ！」

殴られた箇所《かしょ》を押さえた彼の後ろに立っていたのは、修司さんだった。

「征也君、ごめんね。怪我《けが》は無い？」

にこやかに笑う修司さんの手には、クッキーなどの生地《きじ》を延ばすときに使う、木の麺棒《めんぼう》が握《にぎ》られていた。直径五、六センチはあるそれは、結構太くてどっしりしているものだ。

「は、はい…」

あれで殴られた方が怪我をするんじゃ…と僕は思い、修司さんの笑顔《えがお》を空恐《そらおそ》ろしく感じた。

「修司。お前、俺を殺す気か？」

「定休日なのにどうしたの？　それに…何だか顔色が悪いよ？」

文句を言う男をあっさりと無視した修司さんに圧倒《あっとう》されそうになるが、僕は当初の目的を思い出してハッとなる。すぐに雑誌を取り出そうと鞄《かばん》の中を引っ掻《か》き回した。

「なんだ、バイトのガキか…」

修司さんの言葉から僕のことを分析《ぶんせき》した彼は、興味薄《うす》な声で呟《つぶや》いた。そして僕に対する戦意を喪失《そうしつ》したように小さく欠伸《あくび》をすると、その長身の体を再びスツールにあずけた。

「あの、修司さん…」

「薫、ガキとは何だ！　征也君は俺の仕事においての大事なパートナーなんだからな」

教科書と教科書の間に挟《はさ》まっていた雑誌を引っ張り出したところで、修司さんが男を『カオル』と呼ぶのを聞いた僕は、驚いて、手にしていた雑誌を取り落としてしまう。

「うるせーな」

床《ゆか》に落ちた雑誌は思いのほか大きな音を立て、スツールに座った彼をもう一度振り向かせるほどだった。けれど僕は本を拾う事も忘れて、振り返った彼をまじまじと見つめる。

この、不機嫌《ふきげん》そうに僕を見ている男の人が、雅孝さんと修司さんが話していた人。

雅孝さんの元部下で、修司さんと何か揉《も》めているらしい…人。

「…雅孝さんを連れ戻《もど》しに来たんですか？」

「何だって?」

薫、と呼ばれたその人は、僕の質問に眉《まゆ》をピクリと動かした。

「…征也君、これ…!」

僕の手から滑《すべ》り落ちた雑誌を拾った修司さんは、その表紙を目にした途端《とたん》、顔色を変えた。

「聞いた質問に答えて下さい。あなたは、雅孝さんを連れ戻しに来たんでしょう?」

僕は、修司さんにあの記事の内容が間違《まちが》いだと言ってほしかったのかもしれない。けれどそんな馬鹿《ばか》な期待をしていた自分に、行き場の無い怒りが沸《わ》きあがってくるのを感じた。

「…勇ましいな。そうだと言ったら? どうする?」

挑発《ちょうはつ》するような彼の言葉に、僕の喉の奥から悲鳴にも似た音が迸《ほとばし》る。

「薫!…違《ちが》うよ、征也君。こいつはね…」

修司さんは雑誌をカウンターに置くと、今度は僕の腕《うで》を引っ張った。

「そんなこと…そんなことさせない…!」

この人が、雅孝さんを引き戻す。僕の知らない世界へと。

そう思ったら頭に血が上って、僕は修司さんの手を振り払《はら》うと、男を睨《にら》み付けた。

「ほう…どうやって? 『行かないで』って喚《わめ》くか? 縋《すが》り付いて嘆《なげ》くか? 奴《やつ》の顔を見て、さめざめと泣くか?…どれも雅孝の好みじゃないけどな」

睨み付けた僕を、目の前で飛んでいるハエくらいにしか思わないような口ぶりで、彼は馬鹿にしたように笑いながら僕にマシンガンの如《ごと》く質問を浴びせた。

「…っ！」

落ち着いて考えてみると、僕に出来ることといえば本当に泣いて縋ることぐらいだ。悔《くや》しくて思わず伸《の》びた僕の拳《こぶし》を男は楽々と止めると、僕は簡単に手首を摑《つか》まれてしまう。

「…リーチが違う。やめとけ」

「薫！　やめろ！」

男は軽く摑んでいるつもりでも、締《し》め上げられた僕の指先は徐々《じょじょ》に色が変わりしびれてくる。

修司さんが詰《つ》め寄ると、彼はようやく手を放した。

「『征也』って…お前が雅孝と住んでいるっていうガキか。アイツはもう少し趣味《しゅみ》のいいヤツかと思っていたけどな」

放された拍子《ひょうし》にバランスを崩した僕はそのまま床にへたり込み、慌《あわ》てた修司さんが僕の体を支えてくれる。

「お前にどう話していたのか知らんが、この雑誌を見たんならわかっただろう？　お前が知る雅孝は虚像《きょぞう》だ。おままごとのような暮らしはとっとと終了《しゅうりょう》して、現実を見ることだな」

彼の言葉は重く僕に伸《の》し掛《か》かった。真実だからこそ、僕は言い返すことが出来ない。

「薫、それ以上征也君を愚弄《ぐろう》すると、俺が許さない！」

「まるで俺が悪者みたいな言われようだな。おれはただ、社長に言われて来ただけだし、先に手を出してきたのはそいつだ」

修司さんは僕を守るように抱《だ》きしめると、男に向かって叫ぶ。しかしカウンターに肘《ひじ》をついた男は大袈裟《おおげさ》にため息をついて、正当防衛だ、とあくまで冷淡《れいたん》さを崩《くず》さない。

「…社長、社命…お前は未《いま》だに会社と、あの男に縛《しば》り付けられたままなんだな」

修司さんはそんな男に鋭《するど》い視線を投げかけると、辛辣《しんらつ》な口調で言葉を吐《は》いたが、何故《なぜ》か僕を掻き抱く腕は細かく震《ふる》えていた。

修司さんの言っている事がよくわからなかった僕は、抱きしめられながらぼんやり目線だけを上に向けると、男の顔に先程《さきほど》までとは明らかに違う表情が浮《う》かび上がってきていた。

「修司、俺を責めているのか？　けれど、俺を社に縛り付けたのはお前と雅孝だろ。…三年前、雅孝がすべてを放り出し、お前だって…！」

いくら落ち着こうと努めてもそうできない苛烈《かれつ》な何かが、男の喉《のど》から絞《しぼ》り出された言葉に込められていた。橡《つるばみ》色の瞳《ひとみ》の奥には、同じく激しいまでの感情を宿して。

「…昨日、お前が俺にした事は罰《ばつ》ってことなんだろ」

男の視線から逃《のが》れるように顔を背《そむ》けた修司さんが、ポツリと呟く。俯《うつむ》き、徐々に色を無くしてゆく横顔を見た僕は、修司さんの背中に手を回し、ぎゅっと力を込めた。

状況《じょうきょう》を呑《の》み込めないまでも、僕は彼がとても傷ついているように感じて仕方がなかったから。

「罰…？　何の話をしているんだ？　昨日のことって…俺がお前を抱いたことか」

ビク、と僕の腕の中で修司さんが体を強張《こわば》らせた。僕が驚《おどろ》いて男を見上げると、彼は僕の事など目に入っていないかのように、修司さんだけを見つめている。

「顔をあげろよ。…修司、俺がお前を抱いたのは、愛しているからに決まっているだろう」

その低く険しい声とは裏腹に彼の言葉は情熱的で、顔を上げた修司さんの蒼《あお》ざめた横顔は見る見るうちに紅《あか》く染まっていく。

「何をバカみたいな事…！　昨日も言っただろ？　お前とはもう終わったんだ！」

首筋まで桜色に染めながらも、修司さんは弾《はじ》かれたように立ち上がり、忙《せわ》しない足取りで入り口のドアに向かう。その背中に強い拒絶《きょぜつ》を張り付かせて。

「…じゃあ俺ももう一度言う。そんなことは信じないし、認めない」

『準備中』の札を表に出した修司さんは、乱暴な音を立ててドアを閉めると、そのままドアを背にして後ろ手で鍵《かぎ》をかけた。

睨み合う二人の間を青い火花が散ったが、先に目を逸《そ》らしたのは修司さんの方だった。

「…薫、今は俺達の話をしている時じゃない。お前、雅孝に会いに行ったんだろう？　その様子だと、要望のすべてを突《つ》っぱねられた…違うか？」

そのまま修司さんが話題を軌道《きどう》修正したのは僕に気を遣《つか》って、というより、これ以上、僕に男との話を聞かせたくない、という気持ちが強かったせいかもしれない。

「…ああ。雅孝の奴、このガキと離《はな》れるのが嫌《いや》だから、社には戻らないと抜《ぬ》かしやがった」

男もそれ以上言わなかった。そして修司さんの言ったことが図星だったのか肩をすくめ、さっきよりやや砕《くだ》けた言い方で僕を顎《あご》でしゃくる。

「ま、当然だろうな」

修司さんはドアに凭《もた》れたままで軽く笑い、その様子を見た男は、気分を害したように眉間《みけん》に皺《しわ》を寄せる。

「雅孝さんが…？　本当に…？」

僕と離れるのが嫌だ。そう彼は言ってくれた？

僕は立ち上がると、夢遊病者のようにふらふらと歩き、再び男の前に立つ。彼は眉間の皺をますます深くして僕を睨み付けたが、その視線に憎悪《ぞうお》は感じられなかった。

「嘘《うそ》でこんなことが言えるか。アイツはお前を一人放り出すような真似《まね》はできないんだと。…ったく、どこまでもボランティア精神に富んだ坊《ぼっ》ちゃんだよ。俺の話を端《はな》から聞こうともしない。取り付く島がないって、ああいうことを言うんだな」

男は半ば自棄《やけ》気味に笑うと、雅孝さんに対して悪態をつく。しかしそんな風に聞かされても、僕は安心できない。

「でも、雅孝さんがそう言っても、あなたには関係ないんでしょう？　社長…命令なんだから」

彼は社長、つまり先日倒《たお》れたという、雅孝さんの父親から言われてきているのだ。そう簡単に「はい、そうですか」と引き下がりはしないだろう。

「俺の名前は『九条薫』だ。『あなた』なんて言い方されると、痒《かゆ》くなる」

「九条…」

早口にフルネームを言った彼の苗字《みようじ》に、僕は反応する。

「ああ…我が従兄弟殿《いとこどの》も、そう名乗っているんだっけな。どうして姓《せい》を隠《かく》しているのかは、雅孝に聞いてくれ…もっとも、お前の雇《やと》い主からだって、聞けるけど？」

雅孝さんの従兄弟だという彼は、微《かす》かに口の端《はし》を歪《ゆが》めながら視線を修司さんに流す。

「修司さん…」

どうして何も話してくれなかったの？　振り返った僕の目がそう問いかけると、修司さんは静かに目を伏《ふ》せた。信じていた世界が揺《ゆ》らぎ始めたような気がして、僕は目を瞑《つぶ》る。

「俺も雅孝も、征也君を騙《だま》していたわけじゃないんだ。ただ、もう関係ないことだし…」

「関係ない？　お前、それ本気で言ってんのか？」

九条さんは腕を組むと、修司さんに向かって厳しい口調で叫んだ。

「このまま行くと、会社の株価は下落の一途《いっと》だ。すべてを早急《さっきゅう》に巻き返すには、雅孝の存在が必須《ひっす》なんだよ！　うちの会社には国内外含《ふく》めてどれだけの人間が関《かか》わっているか、元社員のお前ならわかるだろ？…俺達はそいつらに対して責任があるってことを。特に、雅孝には」

九条さんの言葉は口先だけのものではない、どこか重厚《じゅうこう》な響《ひび》きが感じられた。トップの人間のとる些細《ささい》な行動で、何万もの人々の生活が変わる——そう彼は言いたいのだろう。

空恐《そらおそ》ろしい気がするけれど、今まさにそれが現実になろうとしている。

「雅孝は辞表を出したじゃないか。もう会社とは切れているはずだ」

修司さんは首を振り、凭れていたドアからカウンターへと歩き出す。その動きを目で追いながら、九条さんが先程より静かな調子で話し出した。

「そんなもの、受理されていると思っていたのか？　雅孝のポストはまだそのままだ。それに、今度の臨時総会にアイツが出席しないと…あの野郎《やろう》が社長になるかもしれない」

あの野郎——九条さんが指す人が誰なのか僕には見当も付かないが、カウンターに入ろうとした修司さんの横顔には、それはマズイ、という表情が浮かんだ。

「何としてもそれまでに雅孝を引っ張り出さないと…。でも、肝腎《かんじん》の雅孝がアレじゃな」

九条さんは顎に手を当てながら店内を行ったり来たりとうろつき、その姿を見た修司さんはため息をつく。

しようがないな、と苦笑いにも似たそれは、これまでの緊迫《きんぱく》した空気を少し和《やわ》らげた。

「…雅孝は父親が倒れたくらいで動揺《どうよう》するようなヤツじゃない。そんな事はお前が一番よく知っているじゃないか。それに社長が回復すれば、すぐに株価も元通りになるさ」

修司さんは珍《めずら》しくコーヒーミルを取り出すと、ゆっくりとした手つきでコーヒー豆を挽《ひ》いていく。

「アイツは…逃げているだけだ。会社から…家のことから…特に父親からな」

足を止めた九条さんが独り言のように語り出し、僕を横目で見る。

徐々《じょじょ》に暴《あば》かれていく雅孝さんの秘密を知ることは、僕にとって辛《つら》い結果になる予感がした。

それでも僕は耳を傾《かたむ》けずにはいられない。

「…そして、幸せだった思い出の中に浸《ひた》っているんだ。…先生と、このガキとの」

「先生って…僕の父さんのことですか？」

僕と目を合わせた九条さんの瞳に、肯定《こうてい》の色が浮《う》かぶ。

「…薫、征也君に責任を押し付けるのはやめろ。これは会社の問題だ」

修司さんは九条さんを牽制《けんせい》しつつ、ドリッパーを取り出すと、挽いた粉をフィルターに入れ、お湯を注ぐ。

「けれど俺には、彰子叔母《あきこおば》さんの葬式《そうしき》から何もかもが始まったとしか思えない。先生とのことだって…」

「それは単なる噂《うわさ》だろ。責任転嫁《てんか》をする前に、まだできることがあるはずだ」

フィルターから抽出《ちゅうしゅつ》された琥珀《こはく》色の液体が一滴、また一滴と、まるで二人の言い合いを計るようにサーバーに落ちていく。

「修司。お前も気付いているんだろう？　雅孝が日本に帰ってきたのは、先生とコイツを捜《さが》すためだったんじゃないかって…」

九条さんは落ちてきた前髪《まえがみ》をかき上げると、スツールに座る。その目は僕を見据《みす》えたままだ。

「…お葬式って…」

僕の中の遠い遠い記憶《きおく》が、彼の眼差《まなざ》しを通して蘇《よみがえ》ってくる。ぼんやりとしたそれは徐々に輪《りん》郭《かく》を伴《ともな》い始め、冷たい雨に打たれた、今よりずっと幼い雅孝さんを浮かび上がらせた。

「雅孝さんは…黒い…制服で…一人で立って、いた…?」

僕の記憶が正しいことに、九条さんは小さく頷《うなず》いた。

父さんは教え子の家族の葬儀《そうぎ》に出席したのだろう。恐《おそ》らく、小さな僕も連れて。

「僕のこと…生気のない目で見て…」

雨に濡《ぬ》れたまま立ち尽《つ》くしていた彼。そこにあったのは、胸を抉《えぐ》られるような強い哀《かな》しみ。

僕はその当時五、六歳の子供に過ぎなかったけれど、一粒《ひとつぶ》の涙《なみだ》も零《こぼ》さず虚《うつ》ろな表情をした彼が心配で、父さんの手を離し、彼に向かって駆《か》け出した。

僕が手を伸《の》ばして彼にしがみつくと、しばらく呆然《ぼうぜん》と見下ろしていた彼は、やがて僕の目の高さまで膝《ひざ》を折ると僕を抱きしめ、静かに泣いたんだ。

「先生が俺たちの通っていた学校の教師を辞《や》めたのは、雅孝と雅孝の父親が関係しているんだ」

修司さんはそこで言葉を切り、僕の顔を見つめた。

「俺たちも何があったかは正確には知らない。けれど、母親が亡《な》くなった後、雅孝は二週間ほど家に帰らないで、先生の…君の家にいたらしい」

九条さんは修司さんの説明に口を挟《はさ》むことなく、カウンターへ向き直った。

「僕の家…」

パシン、パシン、と僕の頭の中で何かが弾《はじ》ける。それは起爆剤《きばくざい》のようでもあり、僕が抱《かか》えていた意識下の感情が、パンドラの箱から溢《あふ》れだすように次々と飛び出していくようだ。

「学校にはちゃんと来ていたんだけどね。…けれど、雅孝が校長室に呼び出しを受けた次の日、あいつは学校を休み、先生は学校をやめた」

修司さんは九条さんと僕に、芳《かぐわ》しい香りを立てているコーヒーを出してくれる。

思い出が、フィルムのコマ送りのように僕の脳裏《のうり》に浮かんでは消えてゆき、それにつれて、切ない痛みが僕の胸を去来し始めた。

幼稚園《ようちえん》からの帰り道。迎《むか》えに来てくれた雅孝さんと手を繋《つな》ぎ、一緒《いっしょ》に歌を歌った夕暮れ。

ずっと一緒にいようと、笑い合った遠い日々が、流れ星のように一瞬《いっしゅん》のきらめきを見せては消えていく。

『ずっと一緒に』——そう言われたのは、二年前のあの時が最初ではなかった。

「…あの当時、雅孝は先生と個人的に仲が良かったせいで、二人がデキてるって噂があったんだ。…家にいたとなれば尚更《なおさら》だな。雅孝は、その後すぐイギリスの寄宿学校にやられて、それからずっと日本には戻《もど》っていない」

今まで黙《だま》っていた九条さんが口を開き、僕は目の前が真っ暗になるようなショックを受けた。

雅孝さんが父さんとの思い出を語った時の、色を無くしたあの表情。

僕を見つめていたあの瞳《ひとみ》は、最初から僕自身を映していなかったのだとしたら？

「真実だったかどうか、俺たちにはわからない。…ただ、俺達が次に雅孝に会った時、彼は無口で、無感動で…冷淡《れいたん》な男になっていたよ。けれど、今の雅孝はその時とは別人だ。今は…そう、先生といた頃《ころ》のようで…」

本当のことを知っているのは雅孝さんだけ。そう語りかける修司さんに僕は何も言えず、カウンターに近づき、そこに置かれた雑誌をぼんやり見つめる。

「カルチャー教室で習った、って言っていたのに…」

『特技は、自宅の料理長から教わった、料理とカービング』——開かれたページに、パーティで見たものより鮮《あざ》やかな作品が紹介《しょうかい》されている。

どこまでが本当で、どこからが嘘《うそ》なんだろう？　僕は呆然と立っていたが、いつまでもこうしているわけにはいかないこともわかっていた。

「…帰ります」

僕はカウンターの雑誌を鞄《かばん》に入れると、店を出て行こうとした。

「…チビ、雅孝に伝えろ。お前の父親は長くないってな」

ドアを前に振《ふ》り返ると、九条さんも同じように振り返っていた。その表情には先程までの冷たいものはなく、ただ、静かな目で僕を見つめていた。

「…それは…どういう…？」

「一昨日、意識が回復して医療《いりょう》チームが付いているが…気休めだ。もう手遅れなんだよ」

「そんな…」

修司さんは呆然と呟《つぶや》いたまま、口に手を当てる。九条さんは立ち上がるとカウンターに心持ち体を預け、出て行こうとする僕になおも言葉をかけた。

「臨時総会は雅孝なしでも何とか乗り切れるかもしれない。でも、アイツが父親と向き合えるのは、これが最後のチャンスなんだ。…チビ、雅孝を解放してやってくれ。それは、お前にしかできないことだ」

解放。

僕はその言葉を噛《か》み締《し》めた。

何から？

僕から？

明かりが、灯《とも》っている。

修司さんの店を出た僕は、ただ足が覚えているままにバスに乗り、歩き、そして辿《たど》り着いた。

僕は玄関《げんかん》の前で、暗闇《くらやみ》に浮かぶ家の外観をしばらくの間眺《なが》めてみる。

もう、昨日までの僕らには戻れない。僕の目に映る明かりがぼんやりと滲《にじ》んでいく。

ずっと、不思議に思っていた。なぜ、雅孝さんは僕と暮らそうと思ったのか。

雅孝さんの言葉を信じなかったわけじゃない。けれど、そのことを完全に納得《なっとく》するには、彼から発せられる光のようなものがあまりに強すぎた。

結局、僕は父さんの代わりだったのかな。

勝手な想像なのに、僕の心は悲しみにひび割れていく。

どうして今僕は十八歳なんだろう。

どうして僕が雅孝さんに出会う、最初の人間になれなかったんだろう。

僕の醜《みにく》い嫉妬《しっと》心が、過去への巻き戻しを痛烈《つうれつ》に願う。タイムマシンでもない限り、過去のことに疑問を投げかけたり、そのことを恨《うら》んだりしたって、しようがないのに。

冬の訪《おとず》れを示唆《しさ》する冷たい風が、僕の体を通り抜《ぬ》けていく。濡れた頬《ほお》が感じる冷たさより、心の奥の方から感じる冷たさが強かった。

「征也さん？　何しているんです？　そんなところで」

「…っ」

闇《やみ》の中、雅孝さんが歩いてくる。庭に出ていたのだろう、彼の手には数種類のハーブと鋏《はさみ》が握《にぎ》られていた。

「どうかしたんですか？」

「目に、ごみが入ったんだ。目薬探して…見つからなくて…」

「どれ…？」

雅孝さんは心配そうに僕の顎《あご》に手をかけ、上へ向かせる。覗《のぞ》きこんでくる彼の表情を見ていると、僕の胸に切なさがこみ上げてきた。

好きだなんて気付かなければよかった。そうしたら、もっと平気でいられた。

「念のために顔を洗ったほうがいいですね。…さ、入りましょう」

「うん…」

雅孝さんが僕を玄関ドアへいざなう。もしかしたら、こんな風に二人でこのドアをくぐるのは、これが最後かもしれない。

僕はこの一瞬を胸に刻みつけるように、そっと彼の横顔を見つめていた。


「今日は手の込んだ料理を作りたくなったんです」

焼き上げたばかりのヨークシャープディングを冷ましながら、雅孝さんが再びオーブンから取り出したのは、ローストビーフ。

グレイビーソースをかけたお肉は、とても良い焼き色だったし、付け合わせのエシャロットも数種類のキノコを使ったサラダもとてもおいしそうだった。

「いただきます」

けれど着替《きが》えて食卓《しょくたく》に座った僕は、ダイニングに漂《ただよ》う香りに包まれながらも、少しも食欲が湧《わ》いてこなかった。

それでも雅孝さんをがっかりさせたくなくて、無理にでも食べようと試みる。

まず、雑誌のことをさり気なく持ち出して、それからお父さんのことを…。

僕は頭の中で、どうすれば雅孝さんに自然な感じで話を切り出せるか、それについて雅孝さんがどう答えるのか考えてばかりで、美味《おい》しいはずの料理のどれも、味がよくわからない。

「…征也さん!」

「えっ?」

ジャガイモのポタージュにスプーンを差し込んだまま、僕はハッとなって顔を上げた。

数回呼んでいたのか、目の前の雅孝さんは、明らかに僕の様子がおかしいことを感じ取っていた。

もしかしたら、家の前で会った時から彼はわかっていたのかも…。

「ごめんなさい。何かぼーっとしてて…」

風邪《かぜ》でも引いたのかな、と僕が慌《あわ》ててすくったスープを口に運んでも、雅孝さんの表情は硬《かた》いままだった。

「これ、すごく美味しい…どうやって…」

「征也さん、何か俺に隠《かく》していることがあるでしょう」

抑揚《よくよう》のない声でそう聞かれ、僕はもう、やわらかな乳白色のそれに手を付けることも出来ず、握り締めていたスプーンを静かに置いた。

「どうしたんですか？　俺に話せないようなことなんですか？」

同じようにスプーンを置いた雅孝さんは、幾分《いくぶん》強い口調で問いかけてくる。

「…雅孝さんこそ、僕にずっと隠していたことがあるじゃないか」

そんな雅孝さんに反発するように、僕の言い方は非難めいたものになってしまった。けれど、僕の発した言葉に雅孝さんが息をつめるのを感じて、僕は悲しくなる。

「今日、修司さんのお店で、九条さんに…会って…会社のこととか、雅孝さんのお父さんのことを聞いたよ…」

僕はテーブルを挟《はさ》んで雅孝さんと向き合う。雅孝さんは黙ったまま、手元にあるグラスを取り、その中の水を一口飲んだ。

「…征也さんの様子がおかしいのは、それでわかりました」

口に含《ふく》んだ水をゆっくり飲み込んだ雅孝さんは、不気味なくらい落ち着いていた。

「でも、それがどうしたというんです？　俺たちの生活は何も変わらない。そうでしょう？」

僕は、怖《こわ》いほど美しい無表情を纏《まと》った雅孝さんを見つめる。そこに、いつもの彼を見つけることは出来ない。

「雅孝さん、雅孝さんだってわかっているはずだよ。このままじゃいけないってことは…」

「わかりませんね。一体何がこのままじゃいけないというんですか？」

「お父さんは…もう長くないそうだよ。だから…」

喘《あえ》ぐように言った僕の言葉にも、彼は眉《まゆ》をほんの少し動かしただけで、すぐに何の感情も映さない顔に戻《もど》ってしまう。

「『だから』？　だから何です？　会いに行くようにと…そう、薫に頼《たの》まれましたか？　アイツのプライドも地に落ちたようですね」

征也さんを丸め込んで、俺を説得しようとするなんて。雅孝さんはそう言いながら薄《うす》く笑みを浮《う》かべ、それは僕の心を凍《こご》えさせた。

「違う。…確かに、お父さんのことは九条さんに聞いたけれど、僕は…僕は、雅孝さんは元にいた場所に戻るべきだと思う」

「俺が…元いた場所？」

雅孝さんの目がすっと細められ、グラスを持つ手に力が入ったのがわかった。

「…僕とこの家で過ごすより、もっと重要で大切なことだよ。何があったか知らないけれど、お父さん、きっと雅孝さんに会いたがって…」

「何も知らないのに、わかったような口を利《き》くな！」

激昂《げっこう》の叫《さけ》びと共に、雅孝さんの手にしていたグラスが割れ、破片《はへん》が彼の手に突《つ》き刺《さ》さる。

雅孝さんは痛覚がないみたいに、無表情を崩《くず》さない。ただ、真っ赤な血が、雅孝さんの感情を表すように彼の手首を伝い、白いお皿の上に落ちる。

「血が…雅孝さん…手当てを…」

僕は血の気が引く思いで立ち上がり、雅孝さんの手からグラスを取ると、手にしていたナプキンで傷口を押さえた。

グラスは握りつぶすには至らなく、硝子《ガラス》も特に散らばっていないようだった。僕は救急箱を急いで持ってくると、人形のように動かない雅孝さんの手を取る。

恐《おそ》ろしいほどの沈黙《ちんもく》を刻むように、柱時計が刻む針の音がやけに大きく聞こえた。

「…征也さん、父の会社におけるモットーをお教えしましょうか」

消毒を終えた傷口にガーゼを当て、包帯を巻いていた僕に向かって、雅孝さんは静かな口調で聞いてくる。

僕は突然《とつぜん》何を言い出すのだろうと包帯を巻く手を止め、彼を窺《うかが》った。

「『すべてのクライアントを家族と思え。すべてに愛を持って臨《のぞ》めば、自《おの》ずと道は開かれる』…父はいつもこの言葉を連呼していました。…おかしくてしようがなかった…俺の育った家には家族はおろか、愛なんて存在さえしていなかったんですから…」

クク、と小さく笑う雅孝さんは、怪我《けが》をしていない方の手で、落ちてきた髪をかきあげた。

その横顔には疲労感《ひろうかん》が滲《にじ》み、目には薄暗《うすぐら》い炎《ほのお》が宿っていた。

「征也さん、俺の母の実家…九条家は、旧華族《かぞく》と呼ばれる由緒《ゆいしょ》正しき家柄《いえがら》でね。しかし優雅《ゆうが》で華美《かび》なのは表向きだけで、内情は華族制度が始まった当初から…戦後の華族制度廃止《はいし》以降は特に、明日の食にも困るくらい貧窮《ひんきゅう》していました。ほとんどの旧華族がそうだったように、彼らは体面を重んじるがゆえ、生活の質を落とすことが出来ない。しかし先祖伝来の宝物を売っても、どんどん膨《ふく》らんでいくばかりの借金の山は一向になくならない…窮地《きゅうち》に陥《おちい》った彼らは、どうしたと思います？」

雅孝さんは僕に尋《たず》ねるが、答えを求めているわけではないことはわかっていた。すぐに彼の形の良い唇《くちびる》は再び動き出す。

「…彼らはね、掛け軸《じく》や陶器《とうき》と同じように、自分の娘《むすめ》を売っていったんですよ。家柄を欲しがる金満家に、一族の中でもとびきり上等な娘をね。そして、その何人目かの人身御供《ひとみごくう》に選ばれたのが俺の母親で、買った先が父親の家です」

まあ、よくある話です、と雅孝さんは他人事のように呟《つぶや》いた後、話を本筋に戻す。

「当然、夫婦仲《ふうふ》はいいわけがありません。俺を産んだ後、体が弱かった母親は体調を崩して入退院を繰《く》り返していたし、父親には何人も愛人がいましたからね。彼にとって正妻とは、跡継《あとつ》ぎを産むだけの存在だったんでしょう。見舞《みま》いはおろか、葬儀《そうぎ》にも来なかったくらいだし」

雨の中、一人佇《たたず》んでいた彼の姿が浮かび上がる。

「…だから会いに行かないの？　そんなの、まるで…」

「『復讐《ふくしゅう》みたいだ』？　確かにそうですね。でも、あの男は俺の見舞いなんていらないと思いますよ？　彼の野望にそぐわないことをした奴《やつ》なんかのね」

僕の言うことが予《あらかじ》めわかっているかのように、雅孝さんはすぐに言葉を重ねる。相変わらず冷たい笑顔《えがお》を張り付かせて。

「三年前、俺はパリにいました。そこへ社命で一人の女性を、とあるパーティにエスコートしろ、と連絡《れんらく》が入ったんです」

あの雑誌の女性だ。僕は雅孝さんの隣《となり》で笑っていた彼女を思い出す。

「…結婚《けっこん》、するんじゃなかったの？」

巻き終えた包帯を握《にぎ》り締《し》めた僕に、雅孝さんは僕がそこまで知っているとは思わなかったのか、眉を軽く上げた。

「…俺はその夜に会っただけの女性と、結婚するということを知りました。日本から届いた…雑誌から」

席を立った雅孝さんは、テーブルの上のお皿を片付けていく。手伝おうとした僕を片手で制して、彼は尚《なお》も話を続ける。

「電話でそのことを問いただすと、あの人はにべもなく言いましたよ。『この婚姻《こんいん》は会社のためになくてはならないものだ』と。そしてもし受け入れられないのなら会社を去れ、とも…。

だから俺は会社だけでなく、あの人の元からも去りました。…結局俺も、ゲームの駒《こま》でしかなかった」

汚《よご》れたお皿をいくつか重ねると、雅孝さんはテーブルに手をつき、下を向く。

「…話し合ったの？　どうして嫌なのか、お父さんに言わなかったの？」

僕の問いかけに、彼は肩を揺《ゆ》らして笑った。皮肉まじりの、乾《かわ》いた笑いを。

「話し合う？　あの男がこちらの話を聞くことなんてありえません。話をしようとするだけ、時間の無駄《むだ》です」

何もかもあきらめた。雅孝さんの口調はそう物語っていた。そんな彼が信じられなくて、僕はなおも食い下がる。

「しようとしなかっただけじゃないの？　それじゃいつまでたっても…」

「やめてください。きれい事の助言など聞き飽《あ》きました」

ぴしゃりとはねのけた雅孝さんの声は鞭《むち》のようで、僕を瞬時《しゅんじ》に突き放す。

「俺は今のままでいい。あの男が死のうが生きようがどうでもいいし、会社のことも関係ない」

俯《うつむ》いているせいで、雅孝さんの目が見えない。雅孝さんの心も見えない。

「…僕の言うことはきれい事かもしれない。でもね、雅孝さんは逃げているだけだよ！　どうしてあきらめるの？　僕に一緒《いっしょ》に暮らそうって言ってくれた時、自分はあきらめの悪い性格だって、言ったじゃないか！」

悲しみが僕の感情を高ぶらせ、僕は俯いたままの彼の腕《うで》を摑《つか》み、強引《ごういん》に自分の方へ振《ふ》り向かせた。

「お父さんはまだ生きているんだよ？　だからこそ喧嘩《けんか》もするし、すれ違《ちが》ったりする。でも、もしかしたら笑い合えるかもしれない！…僕にはできない…僕と父さんはもう二度と出来ないんだよ？」

泣きたくないのに、僕の目から涙《なみだ》が次々と零《こぼ》れ落ちる。腕を摑んでいるつもりが、僕は雅孝さんに縋《すが》り付いているみたいだった。

「…誰かを許す事はすごく難しいことかもしれない。でも、『許す』事は、憎《にく》しみに囚《とら》われた心を解き放つ事だと思うんだ…雅孝さん、あなたならそれができるはずだよ…」

見上げた先にある雅孝さんは、じっと遠くを凝視《ぎょうし》したままだ。その姿は道に迷い、帰り道を探す子供のようだった。

「雅孝さん、僕に言ったよね？　僕が雅孝さんを必要としなくなった時、傍《そば》を離《はな》れるって…」

「…あなたを騙《だま》していた俺はもう必要ない。そういうことですか？」

虚《うつ》ろな彼の目に、僅《わず》かな激しさが浮かぶ。

雅孝さんに嘘《うそ》はつきたくない。けれど、もう僕は切り札を出さざるをえないんだ。

それがとんでもなく間違《まちが》ったカードだとしても。

「…そうだよ雅孝さん。あなたと僕は長い長い夢を見ていたんだ…夢は、いつかは醒《さ》めるものだよ…」

息を呑《の》んだ雅孝さんはしばらくすると細く長く、息を吐《は》き出す。

「夢を…」

僕の悲しい嘘と雅孝さんの掠《かす》れた呟きは、ため息に乗って消えた。

僕が傍にいたら、この人は広い世界に背を向け続けるだろう。そして、それを後悔《こうかい》する日が来るかもしれない。

「さよなら」

僕は縋り付いていた腕を離すと、自分の部屋に戻《もど》るために踵《きびす》を返した。

気持ちが崩れない前に、早くここから出て行かなければ。


ピートが心配そうに鳴きながら僕の周りをうろつく。僕はクローゼットからボストンバッグを取り出すと、そこに当面の着替《きが》えや学校の道具を次々とほうり投げていった。

「…っ」

ふいにドアのところに人の気配を感じ、僕は唇を噛《か》む。

振り返るのが、雅孝さんの顔を見るのが怖《こわ》い。僕はクローゼットを前に、指先一つ動かすことが出来ないでいた。

「征也さん。…征也さんが、もう俺と住みたくないという気持ちはわかりました。けれど最後に、俺のわがままを聞いてくれませんか」

雅孝さんの言葉を背に受けながら、僕は全身が心臓になったように感じていた。ドクドクと脈打つ音が、体の中で反響《はんきょう》する。

「征也さんはこのままこの家に住んで下さい。管理は業者に頼《たの》みますから、面倒《めんどう》なことは起こらないはずです。俺が、出て行きますから」

彼が出て行く。出て行くって、この家を？

「…理解できないよ。雅孝さん。何で家主のあなたが出て行くの？」

泣かないように、声が震《ふる》えないようにと、僕は振り返りながら大きく息を吸い込み、雅孝さんのばかげた提案を笑う。

「俺は、約束を途中放棄《とちゅうほうき》しましたから…」

「途中で放り出すからその迷惑《めいわく》料？　バカげているよ！　ただの下宿人にそんなことをする必要なんて…！　それとも、僕が好きだった人の忘れ形見だから？」

どうでもいいと思っていたのに、僕の胸は嫉妬《しっと》の炎で焼ききれそうだ。彼が、僕じゃなく、僕を通して父さんを見つめ続けていたかと思うと、息をすることさえ苦しい。

「僕は一人でも生きていけるよ！　三年前、一人きりになることは覚悟《かくご》していたんだ…！」

「…征也さん！」

憎むくらいに雅孝さんを見つめていた僕を、彼は抱《だ》きしめた。僕は身をよじり、雅孝さんの腕から逃《のが》れようともがく。

「いや…いやだ…！」

こんな優《やさ》しさは残酷《ざんこく》だ。しかし僕の理性を無視して、心が彼を求める。

「お願いです…お願いだ…」

彼の懇願《こんがん》にも似た呟《つぶや》きが、僕の耳元で響《ひび》く。かき抱《いだ》く力の強さに僕は抗《あらが》う力を緩《ゆる》め、彼の肩《かた》越《ご》しに広がる部屋の壁《かべ》をぼんやりと見つめていた。

「あなたは覚えていないかもしれない…小さなあなたが、俺の母親の葬儀に来た日のことを…」

どれくらいそうしていただろう、ふいに雅孝さんが耳元で囁《ささや》いた。

『すべてはそこから始まった』——九条さんの言葉が僕の中でこだまする。

「あの時、あなたは俺に言ってくれました。『かなしい時は泣かないと、ココロが死んじゃうんだよ』って」

それは三年前、雅孝さんが僕に言ってくれた言葉。あの頃《ころ》に戻ることができたら。

僕は彼の腕の中で身じろぐこともできず、ぎゅっと目を瞑《つぶ》ったまま体を硬《かた》くしていた。

「『お兄ちゃんが悲しいのなら、ボクがずっと傍にいてあげる』…そう言ってくれたあなたの言葉を頼《たよ》りに葬儀《そうぎ》の後、俺は先生の家に押しかけました。父と顔を合わせたくないと言い張って。…先生と、そしてあなたと暮らす毎日が、俺にとって初めての幸せな時間だったんです…」

話しながら雅孝さんは僕を更《さら》に強く抱きしめる。まるで、抱きしめていないと僕が逃げ出してしまうと恐《おそ》れているかのように。

「幼稚園《ようちえん》に迎《むか》えに来てくれたよね？　ずっと、一緒にいようって…」

「…覚えて…思い出してくれた…？」

僕の呟きを聞いた彼は、感極《かんきわ》まった声を上げて僕の首筋に顔を埋《うず》めた。

「最初はただ、あなたと先生の関係に憧《あこが》れていた…先生があなたに笑う度《たび》、話しかける度、俺はそこに自分の父親を重ねました。父が笑いかけてくれたら…愛してくれたら…望むことはそれだけでした」

雅孝さんは抱きしめていた力を緩め、僕の体を離すとベッドに腰掛《こしか》ける。先程《さきほど》までの冷たさは消え、彼は真摯《しんし》なまでの眼差《まなざ》しで僕を見上げていた。

「でもね、あなたと過ごすうち、俺はそれ以上のことを望んでしまった。俺を見つめてくれる小さなあなたと、共に生きたいと…けれど、それは許されないことでした」

雅孝さんの意外な告白に、僕は息が止まりそうになる。

手を伸《の》ばし、僕の頬《ほお》を愛《いと》しげに触《ふ》れる彼に、小さな僕を見つめていた彼が重なっていく。

「落ち着いて考えてみれば、異常です。俺達は男だし…子供だった。俺の父親からの圧力もあったんでしょうが、先生もどこか不穏《ふおん》な空気を感じていたんでしょうね。俺が校長室に呼び出された次の日、先生は責任を取るという形で退職し、そのまま俺の前からいなくなってしまいました。『イギリスで何かあったら相談しなさい』と、あなたのお母さんの連絡《れんらく》先を書いた手紙だけを残して…」

その頃を思い出しているのか、雅孝さんは唇《くちびる》を嚙み締《し》めた。

忘れていた悲しみが、僕の中で蘇《よみがえ》る。

幼稚園に迎えに来た父さんに、お兄ちゃんはもう来ないと言われても、僕は帰る道すがら、何度も何度も振り返った。

今にもそのまがり角から、優しい笑顔《えがお》の彼が現れるんじゃないかと考えながら。

それからの日々は、小さな僕にはめまぐるしく過ぎていった。止まらない時間の中で僕は、雅孝さんを記憶《きおく》の森に置き去りにした。

僕と交《か》わした拙《つたな》いやり取りを彼は一人抱《かか》えながら、彷徨《さまよ》っていたのに。

「…僕は…僕は、雅孝さんを忘れていた…」

あんなに悲しかったのに。

あんなに好きだったのに。

僕は懺悔《ざんげ》するように、雅孝さんの肩口《かたぐち》に額を押し当てた。静かに首を振《ふ》る雅孝さんの髪が、僕の頬に触れる。

「俺も、まさか自分がもう一度あなたに会えるなんて思っていませんでした。何の当てもなくユーロスターに乗り込んでパリからロンドンへ…ウォータールー駅であなたのお母さんに偶然《ぐうぜん》再会した。その瞬間《しゅんかん》、俺は日本に帰ることを決めたんです」

お互《たが》い、よく覚えていたと思います。雅孝さんはその時、母さんの顔に僕を思い浮《う》かべた、と言った。

「それからのことはまるで雪道を滑《すべ》り降りるようでした。日本に着いたと思ったらあの事故の連絡。そして、あの日征也さんに会って…」

雪の中、奇跡《きせき》のように再会した僕ら。僕の知らないところで物語は始まっていた。

「…明日、薫に会いに行きます」

静かに雅孝さんが告げる言葉は、彼が会社に戻るということを意味していた。僕は身を起こし、雅孝さんの顔を見る。

「雅孝さん…じゃあ…！」

「…ええ。どれくらいの期間かわかりませんが、会社が落ち着くまでは留《とど》まろうと思います。けれど、その間、この家に住み続けてほしいんです」

待っていて欲しい——その言葉の裏に込められた願いに、僕は暫《しばら》く迷う。

けれど今の僕が出すべき答えは…。

めている。

「雅孝さん。僕は、この家に住むことはできません」

突然《とつぜん》敬語で話し出した僕を、雅孝さんは何が起こったかわからない、といった眼差しで見つめている。

「こんな事を言う僕を許して下さい。…でも、僕はあなたから離《はな》れないといけないんです」

俯《うつむ》き、唇を噛んでいると、立ち上がった雅孝さんの手が僕の手をとる。

「征也さん…俺は、あまりに長い間憎《にく》しみに心を奪《うば》われ過ぎて…元の自分がどういう人間だったのか、忘れてしまっていた。けれどあなたを通して、俺は今までの、陰謀《いんぼう》と偽善《ぎぜん》が全《すべ》ての生活を抜《ぬ》け出し、自分の心のままに生きていくという自由を手に入れたんです」

雅孝さんはそのまま僕の手を両手で握《にぎ》り締めた。冷たくなった僕の指を温めるように。

「それをくれたのはあなただ。あなたを愛しているんです…」

静かに告げられた愛の言葉は、僕の心をこの上ない喜びで包んだ。けれど、僕の理性は強くその想《おも》いを拒《こば》み、静かに首を横に振らせる。

「征也さん…！」

僅《わず》かな希望をかき集めるように、雅孝さんが僕の名を呼ぶ。けれど僕は首を振り続けた。

「僕は…このままここにいたら、ダメになってしまうと思うんです。いつまでも雅孝さんを頼って甘える、弱い存在に。…そんな人間に、なりたくないんです」

僕がすべきことは、彼が進むべき道へ戻《もど》るために背中を軽く押してあげること。そして、僕自身が自分の足で一歩踏《ふ》み出す勇気を持つこと。

「あなたなしでも強く生きていけるのか、わかりません。でも、そうならなきゃいけないんです！　だから、だから…僕はここを出て行き…っ…！」

最後は言葉を詰《つ》まらせた僕に、雅孝さんは僕の指先一つ一つに小さく口付けていく。

「…っ…ぁ」

それは僕に向けられた甘い罰《ばつ》。痺《しび》れるような痛みが、指先から僕の全身を駆《か》け巡《めぐ》り、僕の喉《のど》の奥から悲鳴にも似た声が迸《ほとばし》る。

すべての指先へ丁寧《ていねい》に口付けた雅孝さんは、僕の左手の甲《こう》を頬に当て、瞳《ひとみ》を閉じた。

「…やはり征也さんは強い人です。それに比べて俺は…全く、ダメな男ですね…」

僕は大きくかぶりを振る。一言でも何か言おうものなら、堪《こら》えていたものが溢《あふ》れ出してしまいそうだった。

「俺はね、征也さんをどうしたらずっと俺の元に留めておけるか…いつもそればかり考えていました」

僕が困った顔をする度、自分の不甲斐《ふがい》なさを呪ったこと。

僕が笑顔を見せる度、愛しくて抱きしめたくなったこと。

「あなたが不安にならないように、悲しんだりしないように、いつまでも俺の手で守りたかったんです。…何より、俺だけがあなたを守れる存在でいたかった…」

雅孝さんの回顧《かいこ》はプリズムのように鮮《あざ》やかな光を纏《まと》って、キラキラと僕に降り注ぐ。

「征也さん…」

雅孝さんの手が僕の頬を優《やさ》しく包み、そっと僕の額にキスを落とす。そしてその柔《やわ》らかな唇はこめかみから頬を通って、僕の唇へと降りてきた。

「ん…ふ…」

最初で、そして最後になるだろう彼からのキスは情熱的で、涙《なみだ》の味がした。

そのキスが、人を心から愛するということはこんなにも苦しくて、こんなにも切ないものだと、僕に教える。

できることなら、このままずっとずっと雅孝さんにキスをされていたい。僕の中から溢れ出そうになる弱い気持ちを、その優しい口付けで塞《ふさ》ぎ続けてほしい。

彼が好きだと、離れたくないと叫《さけ》び続ける僕の想いを。

「あ…ぅ…ん…」

何度も何度も角度を変えて落とされるキスは、雅孝さんがくれる愛の形見のようで、僕は繰《く》り返される口付けの合間に、声にならない声で彼にごめんなさい、と言った。

雅孝さんは僕の頬を両手で包んだまま、ゆっくり唇を離す。見上げた彼の瞳に映る悲しみが、僕の心をますます締め付けた。

「征也さんが謝る必要はありません。…俺は、目の前の問題から顔を背《そむ》け、あなたを守るとい

う大義名分を盾《たて》にして甘えていた。…俺こそ、あなたなしでは生きられないんですよ…」

「雅孝さん…まさたか、さん…」

溢れる涙で雅孝さんの顔が見えなくなる。彼の記憶に残る僕の顔が、涙でぐしゃぐしゃの顔でいたくないのに。

「征也さん…俺の大事な征也さん…どうかお元気で…」

頬に触れていた温かな手が、そのまま僕の全身を包み込む。僕は雅孝さんの胸に顔を押し当て、彼の香りを吸い込んだ。

彼の声。

彼の瞳。

彼の指先。

彼のすべてを僕だけのものにできたなら。

でも、それは願ってはいけないこと。

# 第六章

「キレイな月だねえ…ピート？」

僕はベランダで傍《かたわ》らに座ったピートに煮干《にぼ》しをやりながら、夜空に浮《う》かんだレモンのような月を見上げていた。

ぽり、ぽり、とピートが煮干しを噛《か》み締《し》める音が夜空に響《ひび》き、僕は彼の頭を軽く撫《な》でると、吹《ふ》いてきた少し冷たい春の風へと顔を向ける。

早いもので、僕が雅孝さんの元から離れて、二年の月日が経《た》っていた。

僕が去年進学した付属大学は一年で一般《いっぱん》教養を終え、二年から専門課程に入る。僕はかねてからの希望である国際経済を専攻《せんこう》していた。

雅孝さんはあの夜遅《おそ》く、僕が眠《ねむ》るのを確かめてから外出したらしく、そしてそのまま僕らが住んでいた家に戻ることはなかった。

僕は屋敷《やしき》の管理を指定された業者へ委託《いたく》すると、高等部の卒業式を前にペット可の今のアパートへ引っ越《こ》した。

そのアパートを紹介《しょうかい》してくれた修司さんは、僕が大学へ入る頃《ころ》にカフェをたたみ、その後、アメリカへと旅立った。再び雅孝さんの下で仕事をするため、そして何より九条さんと共に生きていくために。

修司さんがいなくなることは正直、寂《さび》しかった。けれど修司さんの涙と、九条さんの熱情を垣間《かいま》見たことのある僕は、二人の幸せを心から喜ばずにはいられない。

ふいに近くで車が停《と》まる音がして、僕はハッと意識を通りに向ける。

角に停まった白っぽい乗用車は、咲《さ》き始めの桜の木の下に停車したまま、そこを動こうとしない。僕はピートを抱《だ》き、急いでベランダから室内に入ると、施錠《せじょう》しカーテンを閉めた。

ただの思い過ごしかもしれないが、最近僕はいつも誰かに見張られているような気がしてならない。

最初に気が付いたのは一週間ほど前。大学から帰ってきた僕は、アパートの近くに今と同じような車が停まっているのを見つけた。

普段《ふだん》なら気にも止めないのに、車の横を通り過ぎた時に感じた視線に、妙《みょう》な胸騒《むなさわ》ぎを覚えた。僕が振《ふ》り返ると、まるで逃《に》げるように車は急発進し、どこかへ走り去ったことも。

それから僕の行く先々——大学はもちろん、バイト先まで——へ現れる車の存在にこの数日、薄気味《うすきみ》悪い思いは消えないのだが、その一方で僕は淡《あわ》い期待を持ってしまう。

もしかしたら、彼が会いに来てくれたのではないかと。

「…バカだな。あの人が…雅孝さんが…来るわけないじゃないか」

彼の手を離したのは僕自身なのに。そもそもなぜ彼が、コソコソと僕の様子を窺《うかが》うようなことをしなくてはならない？

僕の口元から自嘲《じちょう》めいた笑いが漏《も》れ、ソファに置いていた今日付けの新聞を広げる。

今朝から何度も読み返したその記事の内容を、僕はもうほとんど暗記してしまっていた。

『弊社《へいしゃ》　代表取締役社長　秋吉雅嗣《あきよしまさつぐ》儀　三月○日永眠いたしました。ここに生前のご厚誼《こうぎ》を深謝し謹《つつし》んでご通知申し上げます――』

黒枠《くろわく》で囲まれた告知広告の中には、葬儀《そうぎ》は先週に近親者のみの、いわゆる密葬《みっそう》で済ませた事を知らせる内容と、社葬《しゃそう》の日時と場所が併記《へいき》されていた。

『喪《も》主《しゅ》　秋吉雅孝』

文章の最後に書かれた愛しい人の名を、僕は穴が開くほど見つめた。そして、壁《かべ》に飾《かざ》ったコルクボードへと視線を移す。

『お元気ですか――』

雅孝さんから、そんな言葉で始まる絵葉書を時折受け取る。

先日もニューヨークから葉書が届き、仕事で訪れるのであろう各地から送られてくるそれらをコルクボードに飾ると、ちょっとした外国旅行気分を味わえた。

その一方で手紙を受け取った夜に、僕の心は簡単に壊《こわ》れてしまう。

彼の書いた文字を指で辿《たど》り、葉書を抱きしめて夜通し泣き続けた後、僕の前に現れるのは見慣れた背中。

――雅孝さん！

そう呼びかけた僕に、振り返った彼が微笑《ほほえ》む。僕は思うように動かない足を引きずるようにして、彼に駆《か》け寄ろうとする。

もうすぐ雅孝さんの肩《かた》に手が届く…その瞬間《しゅんかん》、彼は僕の目の前で忽然《こつぜん》と姿を消す。まるで最初から存在していなかったかのように。

「…っ…!」

彼が消えてしまったことより、すべてが夢だったことの方が悲しかった。

覚醒《かくせい》した僕の目から再び止《と》め処《ど》もなく涙が溢《あふ》れ、傍《そば》で寝《ね》ていたピートが僕を慰《なぐさ》めるように身を擦《す》り寄せてくれる。

ピートを抱きしめ、その温かな体温に触《ふ》れて僕は何とか落ち着く事ができる。それから眠れぬままに数時間を過ごし、諦《あきら》めたように起き出した僕の目の前に広がる朝焼け。

オレンジと紫が混在したその空を美しいと思う反面、空虚《くうきょ》感を覚えずにはいられない。

今も昔も、僕は彼の虜《とりこ》だ。

「あれ、川原?」

「あ、忍沢《おしざわ》先輩」

名を呼ばれて、僕は手にしていたペンをそのままに視線を上げると、そこにはこの間大学を卒業したゼミの先輩が立っていた。

春休み中の構内はいつもより人は少なかったが、僕が今いるカフェテリアはそれなりに込み合っていた。

「春休みだってのに学校に来てたんだ？……それ、課題か何か？」

真新しいスーツに身を固めた彼は、卒業式後の追い出し会以来かな、と言いながら僕の前の椅子《いす》を引き、そこに座った。

「はい。休み明けの…提出期限が重なっているのが多くて」

「無理すんなよ？　いつまでたってもお前細いし…。そうだ、なんか奢《おご》ってやるよ」

苦笑いを浮《う》かべた忍沢さんは、後ろにあった自販機《じはんき》でココアを買ってくれた。僕は持っていたペンを置くと、お礼を言って受け取る。

「しっかし、川原、こんなうるさいところでよくできるなあ」

「少々ザワついていた方がはかどるんです」

アパートに一人でいるのが怖《こわ》いなんて先輩にはもちろん、誰にも言えない。けれど、あの部屋にいるとどうしても意識してしまうんだ。

昨夜も感じた、僕を監視《かんし》するかのようなあの不気味な車の存在を。

もらったココアに口を付けながら、ふと僕の目に飛び込んできたのは、先輩が机の上に置いた封筒《ふうとう》。

「先輩…その封筒…」

「おー、今日入社式だったんだよ。俺も晴れて社会人ってわけ」

薄《うす》いグレー地に青色で社名が入った封筒自体、取り立てて変わったところはない。僕が見入ったのは、それが雅孝さんの会社のものだったから。

「今日が入社式…」

春休み中で日にちの感覚がなかったが、確か今日は四月一日だ。

「でも、入社式って、学校の入学式とは全然違《ちが》ってたよ。こう…お偉《えら》方がズラーって並んでんの見た時…」

「新しい社長って、どんな感じでした？」

言ってからしまった、と思ったが、先輩が『偉い人』と言ったのを聞いたら僕は居てもたってもいられなくなってしまったんだ。

どんな小さなことでもいい。僕は今の雅孝さんの様子が知りたかった。

「新しいって…」

案の定先輩は、いきなり話を遮《さえぎ》るようにして聞いてきた僕に、面食《めんく》らった顔をした。僕は内心焦《あせ》りながらも平静な振りをしつつ質問を重ねる。

「あの、ほら、先輩の入った会社の社長、この間亡《な》くなったでしょう？　で、新しく社長になった息子《むすこ》さんって、若いのにすごい人だって聞いた事があるから…」

かなり苦しい言い訳だったが、先輩はその事を大して気にも留めずに、ああ、そうだったよな、と呟《つぶや》いた。

「俺が入社試験受けた時は副社長…今の社長だけど、その人が既《すで》に社長の代わりをしていたから、新しいって言われてもピンとこなかったわ。…そういや今日、式でちょっとしたことがあってさ」

「ちょっとした事？」

何だろうと、鼓動《こどう》が速くなってきた僕に、先輩は顔をこちらに近付けると、少し声を潜《ひそ》めた。

「うーん、あんま人に言うなよ？…っても、あんま川原に関係ないか。実はさ、入社式に社長が来なかったんだよ」

「え？」

社長である雅孝さんが欠席？　表情の止まった僕に構わず、先輩は話を続ける。

「お偉方が一斉《いっせい》にワタワタしだしたのは傑作《けっさく》だったなー！」

「どうして…社長は来なかったんですか？」

責任感の強い彼が、何の理由もないまま姿を現さないのはおかしい。会社の重役達が慌《あわ》てていたという事は、予定外の事が起こったからだ。

「それなんだよ！　俺の隣《となり》の席に座っていた奴《やつ》がさ、まあ結構なコネで入った奴だったんだ。んで、式が終わった後、こっそり訳を聞いてもらったらさ、何と社長、入社式に来る途中《とちゅう》に交通事故にあったって…おい、どうしたんだよ？」

ガタン、と椅子を倒《たお》す勢いで立ち上がった僕を、カフェテリア内にいたほぼ全員が驚《おどろ》いたように見ていた。

「おい、川原？」

『交通事故』。さらりと先輩の口から出たその一言が、僕の心を凍《こお》らせる。立ち上がったまま動かない僕に、先輩が目の前で手を振《ふ》るが、そんなことに構っている余裕《よゆう》はなかった。

「先輩」

「…な、なに？」

雅孝さんが事故に？

まわりの目なんて気にしている余裕はなく、僕は前を向いたまま話していた。

「先輩の会社って、ここからどれくらいですか？」

「…地下鉄で二十分くらい」

少々引き気味ながらも、先輩は会社の最寄《もよ》り駅の名前を教えてくれた。

「僕、急用を思い出しましたので、すいません、失礼します」

僕は急いで身のまわりの物を鞄《かばん》に詰《つ》め込むと、呆気《あっけ》に取られたままの先輩を残し、風のようにカフェテリアを後にした。

「あの…お客様…」

それから三十分後、僕は雅孝さんの会社の受付にいた。

受付と言っても、僕みたいなどっからどう見ても『アポイントなし』の人物が話せるのは、セキュリティゲート前の簡易受付だ。

雅孝さんへの面会を求める僕に、当惑《とうわく》しきった受付の女性はただ機械的に、約束のない来客は受け付けられないので、お引き取り願いますと繰《く》り返す。

どこから来たかわからない男が血走った目でにじり寄り、社長に会わせろなんて、正気の沙《さ》汰《た》じゃない。立派な不審《ふしん》者だ。わかっていたけれど、僕はどうしても雅孝さんに会いたかった。

彼に会って、さっき聞いたことが嘘《うそ》だということを、この目で確かめたい。

「僕の名前は川原征也といいます。申し訳ありませんが、秋吉社長に連絡《れんらく》を取っていただけませんか？」

お約束のない方との面会は致《いた》しません、と突《つ》っぱねる彼女に、僕は尚《なお》も食い下がる。

「帰れと言っているのがわからないのか？」

しびれを切らした受付嬢《じょう》がまずした事は、電話横のボタンを押す事だった。すぐに警備員が一斉に集まってきて、僕は屈強《くっきょう》な男達に腕をとられると、出口に向かって引きずられてしまう。

「お願いです！　川原征也が会いに来たと…それだけでも…！」

「うるさい、とっとと帰れ！」

僕はもがきながら、エントランスに響《ひび》き渡《わた》るくらい大声で自分の名前を連呼した。傍《はた》から見たら不審者を通り越《こ》して、頭がおかしい男だと思われていたかもしれない。

「おい、何している？」

セキュリティゲートを潜《くぐ》って来た一人の男性が、玄関口《げんかんぐち》で揉《も》みあう僕らに声をかけてきた。

「すみません、不審者が社内に侵入《しんにゅう》しようとしていると、通報があったものですから…」

警備員の男達は僕を塀《へい》のように取り囲み、声をかけてきた男性から遠ざけようとした。一言でも声を発したら、タダじゃおかない、という睨《にら》みをきかせて。

「不審者？」

「はい。さっきから社長に会わせろとか喚《わめ》いて…挙げ句の果てに自分の名前を連呼しまして…」

すぐに追い出しますから、と警備員は男性に向かって緊張《きんちょう》した声で告げる。

「名前？」

「はい…かわはら…なんとか…」

声だけの相手はかなり若そうなのに、警備員達は一様に緊張した様子だった。僕は、話しかけてきた男性が、この会社の中でかなり上位にいる人物と踏《ふ》んで、一か八《ばち》か賭《か》けてみることにした。

「あっ、こら！」

隙《すき》をついて警備員達の体を押しのけると、僕は磨《みが》き上げられた黒御影石《みかげいし》の床をスライディングするようにして、声のする方へ飛び込んだ。

「…川原征也、だろ」

「九条…さん」

真っ赤な顔して怒《いか》り狂《くる》った警備員達に取り押さえられ、苦しい息の下、それでも顔を上げた僕の目に入ってきたのは九条さんの姿だった。

「よう、チビ。久しぶりだな」

九条さんは腕を組んで、どこか面白《おもしろ》いものを見るような顔をして僕を見下ろしている。

「お知り合いですかっ？」

「…まあな」

「ええっ？　し、失礼致しました！」

頷《うなず》いた九条さんに、信号が変わるように顔色を変えた警備員達は、蜘蛛《くも》の子を散らすように僕の上から飛びのいた。

「システムを解除してくれ」

九条さんは床に倒れこんでいた僕の腕を摑《つか》むと、受付の女性にそう指示しながら強引《ごういん》に立ち上がらせる。僕は急な展開に呆然《ぼうぜん》としたままだった。

「あの、雅孝さんがっ…事故にあったって…本当、なんですか？」

僕の腕を掴んだままゲートを潜る九条さんに、僕は上手く回らない自分の舌に苛立《いらだ》ちながら、雅孝さんの安否を確かめようとした。

「…お前、その話誰から聞いたんだ？」

とたんに緊張の色を浮《う》かべた九条さんが振り返り、僕はそこで初めて、この話が僕みたいな無関係な人間が知りえない情報だということを思い出した。

「あの、知り合いに…ここに入社した人が…今日偶然《ぐうぜん》聞いて…」

先輩に迷惑《めいわく》がかかることを恐《おそ》れた僕は、曖昧《あいまい》に理由を説明する。しかし九条さんは片方の眉《まゆ》をひょいと上げただけで、それ以上追及《ついきゅう》してこなかった。

「別に責めているわけじゃない。雅孝が事故にあったっていう話は本当だからな」

「…ああ、どうしよう…！」

僕の、今立っている地面が崩《くず》れ去り、巨大《きょだい》な暗闇《くらやみ》の中に呑み込まれていくような気がする。血の気が徐々《じょじょ》に引いていき、僕の指先は今や氷のようだ。

「ここは人目につく。行くぞ」

行き交《か》う人々が、ホールのど真ん中で立ち止まったままの僕らを何事かと眺めている。それに気付いた九条さんは軽く舌打ちをすると、僕の手を引いて再び歩き出した。

そのまま奥のエレベーターホールに進み、丁度一階に止まっていたエレベーターに乗り込む。

「事故って…状況《じようきよう》は…」

「車のブレーキの故障だ。もっとも…一昨日、整備から戻《もど》ってきたばかりの車だけどな」

九条さんは僕の手を離《はな》すと、どこか意味ありげに僕を振り返る。そのまま彼の長い指が地下三階のボタンを押して、銀色の扉《とびら》はゆっくりと閉まっていく。

「それは、どういう意味ですか？」

僕はひたひたと押し寄せるような恐怖《きようふ》を感じながら、九条さんの横顔へ問いかけた。

「…死んだ叔父貴《おじき》には腹違《はらちが》いの弟がいてな。これが俺から見てもどうしようもないボンクラで、まあ、会社の恩恵《おんけい》だけで生活していたような男だ。それが何をどう勘違《かんちが》いしたのか、会社の不《ふ》穏《おん》分子に焚《た》きつけられて、叔父貴が倒れた時自分が社長になると言い出した、というのが二年前、俺が雅孝を連れ戻そうとした理由だ。まあ、そのゴタゴタっていうのはまだ続いていて…」

「その人達がブレーキを細工したかもしれないと？」

二年前、九条さんと話していた修司さんが見せた、険しい表情が僕の脳裏《のうり》に浮かぶ。僕は淡々《たんたん》と話す九条さんの話を、落ち着いて聞いている事が出来ないほど動揺《どうよう》した。

「…そうとも言えるな」

九条さんは前を向いたままでそう締《し》めくくる。やがてエレベーターが止まり、静かに扉を開けた先に広がっていたのは、巨大な地下駐車場《ちゆうしやじよう》だった。

僕が二年前に出した答えは、間違《まちが》っていたのだろうか。

雅孝さんを、命の危険に晒《さら》されるかもしれない世界へ、戻らせようとしたことが？

九条さんは停《と》めてあった銀のメルセデスの前で立ち止まると、持っていたキーで車のロックを開錠《かいじょう》する。

「あの、容態は…？　怪我《けが》は重いんですかっ⁉　彼はどこの病院に…」

事故にあったのなら、雅孝さんは病院に運ばれたはずだ。僕は車のドアを開けようとした九条さんに矢《や》継ぎ早に質問を浴びせた。

「病院って…」

「お願いです、僕をそこへ連れて行ってください！　一目会うだけ…見るだけでいいですから…っ」

僕の悲痛な叫《さけ》びが、誰もいない駐車場にこだまする。彼に会いたいというそれだけが、僕のすべてを動かしていた。

「チビ、ちょっと落ち着けって…！」

そんな僕に九条さんは暴れ馬を宥《なだ》めるように手を上げると、もう一方の手で内ポケットを探《さぐ》った。マナーモードにしていたらしい携帯《けいたい》電話が、震《ふる》えながら着信を告げている。

「もしもし？　ああ…まあな。…ふうん、そうか…ああ…また後でな」

九条さんは始終頷いてばかりで、会話の内容はさっぱりわからない。僕は息を殺して九条さんの通話が終わるのを待った。

「乗れよ。雅孝のいる所へ連れて行ってやる」

携帯の通話終了《しゅうりょう》のボタンを押すと、九条さんは僕が話しかける暇《いとま》も与《あた》えず運転席に乗り込んだ。早くしろよ、と首を助手席側に動かしながら。

「ありがとうございます！」

僕を乗せた車は地下の駐車場を出て、ゆっくりと地上へ上がっていく。

フロントガラスから飛び込んできた春の光が、僕の腕《うで》に嵌《は》められた時計に反射する。僕は反対の手でそっと時計を包み込むと、目を閉じた。

神様、もしいるのならこれ以上、僕の大切な人を僕から取り上げないで下さい。


「…もうすぐ着くぞ」

声をかけられて、僕はいつの間にか到着《とうちゃく》したらしい目的地を車の窓越《ご》しに眺《なが》めたが、見えてくるのはどこまでも続く外壁《がいへき》だけ。

「…ここです、か？　何か…すごい広そうですね…」

一体どれだけの敷地《しきち》面積なのだろう？　僕は窓ガラスに顔を近づけ、想像とはあまりに違《ちが》う景色《けしき》にポカンとする。

「ま、ざっと三千坪《つぼ》ってとこか。無駄《むだ》に広い」

「さんぜん…つぼ…」

九条さんの返事に、僕は気が遠くなる。そんな広い敷地の病院なんて、聞いた事がない。

いや、でも僕が知らないだけで、一握《ひとにぎ》りの階層の人達が使う病院なのかも…何と言っても雅孝さんは世界的にも有名な秋吉グループのトップなのだから。

「…そうだよ…もう僕とは住む世界が違う人なんだ…」

ここまで勢いで来てしまったけれど、僕は彼に会ったらどうしたらいいのだろう。その前に、彼は僕のことがわかる状態なのだろうか？

そんなことをグルグルと考えるうち、僕の中で今までの興奮状態が急速に引いていく。

「おい、何ブツブツ言ってんだ？」

心の中の声が少し漏《も》れていた僕に、九条さんはバックミラー越しに怪訝《けげん》そうな顔をしていた。

「ここまで来てやっぱり帰る、とか言うなよ？　引き返すの面倒《めんどう》くさいんだ」

「いえ…そんなんじゃないです」

雅孝さんの無事を確かめたらすぐに帰ればいい。僕はそう決意して前方を見つめた。

ちょうどそこで現れた重厚《じゆうこう》な門。その前で車を停めると九条さんは、ダッシュボードから手のひらサイズのリモコンを取り出し、ボタンを押す。

ピッと小さな音が鳴り、続いて目の前の黒い門がゆっくりと左右に開いていく。彼は静かに敷地内へと車を進め、後ろ手に再びボタンを押した。

背後で門が閉まっていくのが、バックミラー越しに見える。砂利《じゃり》を踏《ふ》みしめるタイヤの音が響《ひび》いてしばらくすると、どっしりとした日本家屋が姿を見せた。

「あの、九条さん…ここ、本当に病院なんですか？」

どう見ても個人の邸宅《ていたく》に見える景観に、僕は首を捻《ひね》る。

玄関《げんかん》へと続く前庭には何本もの梅の木々が並んでいて、早春を彩《いろど》るだろうそれらの枝に、今は柔《やわ》らかい色合いの若葉が茂《しげ》り、それらは眩《まぶ》しいくらいに綺麗《きれい》だ。

「何言ってんだ？　ここは秋吉の本宅だぞ」

九条さんはちらりと僕を見やったが、すぐに前を向く。

病院じゃなかったのか！

「俺は一言も『雅孝は病院にいる』なんて言ってない」

前庭の端《はし》にある駐車スペースに車を停めた九条さんは、絶句している僕にそう言うと、さっさと車から降りた。僕は己《おのれ》の勘違いに赤面しつつ、同じように車から降りる。

「何だか…誰もいないみたいですけど…？」

改めて目にした屋敷《やしき》はひっそりと静まり返っていた。僕は先に歩き出した九条さんの背中に声をかける。

「住んでいる人間の数に対して、家がデカすぎるんだ。俺も昔は気味悪かったたな」

九条さんが四枚建ての白木の玄関引き戸に手をかけると、鍵《かぎ》のかかっていないそれはカラカラと小気味良い音をたてて横へ滑《すべ》っていった。

入ってすぐに僕らを迎《むか》えたのは、広々とした玄関に立てかけられた巨大《きょだい》な絵屏風《びょうぶ》。屏風を始め、荘厳《そうごん》な趣《おもむき》のある邸内に圧倒《あっとう》されている僕を尻目《しりめ》に、九条さんは靴《くつ》を脱《ぬ》ぎながら携帯電話を取り出し、帰宅を告げる。

「昔は使用人がそこらじゅうにいたんだよ。けど、今の方が便利だ。プライバシーが守られるし、経費もかからん」

家の中にいるのに携帯電話を使わなきゃいけないなんて、それがない時代は一体どんな風に暮らしていたのかと、僕が疑問を口にすると、電話を切った九条さんはあっさりとそう言った。

「おかえり薫…っと、征也くん⁉」

しばらくすると携帯電話を手に、奥から修司さんが現れた。容貌《ようぼう》はもちろん、きちんと身につけた細身のスーツ姿を含《ふく》め、彼は二年前と変わらず清廉《せいれん》なまでの美しさだった。

「偶然《ぐうぜん》拾った。…チビ、こっちだ」

僕の姿を見て大きな目をますます大きくした修司さんに、九条さんは短くそう伝えるだけだ。そしてさっさと邸内の奥へと歩いていってしまう。

「あ、はい。…すみません、修司さん」

僕は急いで靴を脱ぐと、修司さんへの挨拶《あいさつ》もそこそこに、九条さんの後を追いかけようとした。

「え？　ちょっと、どこに行くんだよ？」

「雅孝んトコだよ。奥にいるんだろ？」

しかし横を通り過ぎようとした九条さんに、待ったとばかりに修司さんはその腕を掴《つか》む。九条さんは修司さんの顔をチラリと見たが、そのままその視線を廊下《ろうか》の奥へと投げかけた。

「薫、さっき電話で話しただろ？　奥には行っちゃダメだ」

「何で？　別に問題ないだろ」

何を聞いていたんだ？　と呆《あき》れ半分、怒《いか》り半分の表情の修司さんに、九条さんは聞く耳持たずに歩き出そうとする。

「…問題大ありだ。お前はあの部屋の中を見ていないから、そんな事言えるんだよ」

しかし、すばやい身のこなしで九条さんの前に回ると、行く手を遮《さえぎ》った修司さんが、そう言い放つ。その警告めいた言葉に僕の胸の鼓動《こどう》は早くなり、それは全身に響き渡《わた》る。

部屋の中が問題って…雅孝さんの容態の事？　まさか…ものすごく悪いんじゃ…。

徐々《じょじょ》に不安が高まる僕とは対照的に、九条さんは修司さんの訓告を鼻先で笑い飛ばした。

「『百聞は一見に如《し》かず』…見なきゃわからん。チビ、行くぞ」

そう言ってかなり強引《ごういん》に修司さんを脇《わき》に退《ど》かすと、九条さんは怯《ひる》む僕の腕を取り、早足に奥へと突《つ》き進《すす》んだ。彼との足の長さの違いから、僕の方は駆《か》け足にも似たスピードだったけれど。

「薫！　ちょっと待て！」

少し息の上がった僕の横で九条さんが襖《ふすま》を開けるのと、後ろから追いかけてきた修司さんが叫《さけ》んだのはほぼ同時だった。次の瞬間《しゅんかん》、僕の視界は突然《とつぜん》白く霞《かす》む。

入って真正面、窓の先に広がる庭は薄紅色《うすべにいろ》の海だった。開け放たれた腰窓《こしまど》から、ひらひらと風に乗った桜の花びらが数枚、室内へと舞《ま》い込む。

「…ゆき…也、さん?」

突然の闖入者《ちんにゅう》を確かめようと顔を上げた雅孝さんの表情が、九条さんの隣《となり》にいる僕を認めた瞬間、静止する。

二年という月日は、僕には永遠にも似た長さだった。けれど雅孝さんのすべては、僕らが別れたあの日から、時を止めたように変わらない。

ほとんど黒に近い色のスーツを完璧《かんぺき》に着こなしている彼の、均整の取れた体つきはもちろん、流れる髪《かみ》や聡明《そうめい》な鳶《とび》色の瞳まで、何もかも。

「雅孝さん…」

彼の肩越《かたご》しに見える桜の花弁が、僕らが出会った冬の夜に舞っていた粉雪を思い起こさせた。

「何だね…騒々《そうぞう》しい…」

イグサの良い香《かお》りが立ち込めるその広い和室には、雅孝さんの他《ほか》にもう一人、痩《や》せていてひ

どく神経質そうな顔付きをした男性がいた。

螺鈿《らでん》の細工が施《ほどこ》された漆塗《うるしぬ》りの座卓《ざたく》に、僕らから見て右側に座った彼は、僕らの乱入ともいえる入室の仕方に眉《まゆ》をひそめ、九条さんの顔を見ると苦々しそうに口の端《はし》を歪《ゆが》めた。

「だから止めたのに…」

「ノックすればよかったか？　襖に？」

後ろで修司さんのため息が聞こえたが、九条さんはどこ吹《ふ》く風でちらりと左側に座っていた雅孝さんを見た。

「薫…一体…」

返事の代わりに雅孝さんは微《かす》かに困惑《こんわく》の表情を浮《う》かべる。九条さんは怯む僕の両肩《りょうかた》を摑むと、雅孝さんへ差し出すように僕を前にやった。

「お前に会いたいって言う客だ。…そうだよな？」

僕は小さく頷《うなず》くのが精一杯《せいいっぱい》だった。それを見た雅孝さんの瞳が微かに揺《ゆ》らぎ、僕は泣き崩《くず》れそうな気持ちを抑《おさ》えるために唇《くちびる》を嚙《か》みしめる。

彼が無事でいることがわかれば十分だと思っていたはずなのに、こうして、彼の姿を見た僕は痛烈《つうれつ》な思いに打ちのめされた。

やっぱり、彼を忘れる事なんてできないと。

「…いきなり入って来てこちらにあいさつも無い、こんな失礼な奴《やつ》が客だって…？」

けれど右側の男性の不快感を露《あらわ》にした声が耳に入り、僕の緩《ゆる》やかな追想にすぐさま終止符《しゅうしふ》を打たせる。

『招かれざる客』の烙印《らくいん》を押されたような気がして、僕は瞳を伏《ふ》せた。雅孝さんの迷惑《めいわく》になるのなら、今すぐ帰らないと——気後れにも似た感情が僕にそう思わせた。

「…彼は私の大切なお客様です。それに、失礼さ加減では叔父上《おじうえ》の方が上だと思いますけど」

ピクリ、と雅孝さんのこめかみが動き、チラリと流した視線と言葉は毒針のごとく、目の前の男性に突き刺《さ》さる。彼は決まり悪げに咳払《せきばら》いを一つして、雅孝さんに笑いかけた。

「…いや、今のは別に…あまりにも急に入ってきたものだから…」

九条さんから聞いていた、『雅孝さんの叔父』という人を間近にした僕は、彼と雅孝さんの間に少しも共通するところが無いような印象を受けた。

雅孝さんに対して笑《え》みを浮かべる姿はどこか卑屈《ひくつ》で、始終小刻みに体を揺らすその落ち着きのなさも、彼の品のなさを浮き彫《ぼ》りにしていた。

「薫、征也さんをこちらに。…修司、お茶を…ああ、紅茶がいいな」

僕は戸惑《とまど》いながらも九条さんに促《うなが》されるまま、雅孝さんの横に座る。指示を受けた修司さんは、静かに退室していった。続いて、九条さんも。

パタン、と襖が閉じられる音を皮切りに、部屋の中に緊迫感《きんぱくかん》が充満《じゅうまん》していく。僕は雅孝さんの隣にいても、何故《なぜ》か安心できない心持ちがした。

「…で、叔父上。先程の話の続きですが、あなたは私が事故に遭《あ》ったとか何とか…そんなくだらない事を確認《かくにん》する為《ため》にいらした、と？」

僕らが入ってきたことで中断されていたらしい会話を雅孝さんが再開すると、質問された叔父さんは、途端《とたん》にキョドキョドと視線を泳がし始めた。

「い、いや…その…九条の小倅《こせがれ》が…あの男が入社式の前に『社長が事故に遭った』なんて言うから…その…そう、心配で具合を見に来たんだよ！…でも、元気そうで安心したよ」

叔父さんの言う通り、さっきまでは僕も体に包帯を巻きつけ、布団《ふとん》に横たわっている雅孝さんを想像していた。しかし実際目にした彼は、怪我《けが》はおろか、事故に遭った人間にも見えない。

「しかし雅孝。九条を傍に置いておくのは危険じゃないか？　あの男は隙《すき》を見て社長の椅子《いす》を奪《うば》うつもりに違《ちが》いない。だからあんな事を言って社内を混乱させようと…」

「私の具合を見に来たのなら、叔父上は父の書斎《しょさい》で何をしていたんです？」

早口に言い募《つの》る叔父さんに、雅孝さんは鋭利《えいり》な口調で切り返した。その姿は裁判上の検事にも似て、追及《ついきゅう》された相手は、何かを詰《つ》まらせたように喉元《のどもと》を痙攣《けいれん》させた。

「そ、それは…その…」

ビクリと薄《うす》い肩《かた》を揺らし、モゴモゴと口ごもる挙動不審《ふしん》な彼と、それらの仕種《しぐさ》を見て口の端をほんの少し上げた雅孝さん——そこにあるのは、完璧なまでの勝敗結果だった。

「答えられないなら答えをあげましょう。あなたは書斎の金庫に保管している書類を探《さが》していたんじゃないですか？…国会議員への賄賂《わいろ》、架空《かくう》接待、カラ出張…あなたと、あなたの取り巻き連中がしてきたそれらを調査した内容が書いてある、ね。違いますか？」

「どうしてそれを…」

「簡単です。その情報を叔父上に漏《も》らしたのがこちら側だからですよ。…ま、こんなにも簡単に引っかかるとは思いませんでしたけどね」

動揺《どうよう》を隠《かく》し切れない、といった感じでワナワナと震《ふる》える叔父さんに、雅孝さんは無表情に淡々《たんたん》と事の説明をする。

「私は…私は悪くない…みんなが…あいつらが社の利益になるからって…私は、会社のためを思って…」

「新商品の企画書《きかくしょ》をライバル社に渡す事が社の利益に繋《つな》がると？　呆れた言い訳ですね。車のブレーキの細工の事は、どんな言い訳を用意しているんです？…征也さんを攫《さら》う計画は？　よもや知らないなどとおっしゃるつもりはないでしょうね？」

畳《たた》み掛《か》けるような雅孝さんの質問に、弾《はじ》かれたように顔を上げた叔父さんの目線が、いきなり僕へと定まった。

その絡《から》みつくような視線は、アパートの前に停《と》まった車から感じていたのと同じもの。背筋に走る冷たい衝撃《しょうげき》に、もう少しで僕は悲鳴を上げそうになった。

「…っ！」

その声をなんとか呑み込むことが出来たのは、横から伸《の》びた、大きな手の存在があったから。

僕の手を握《にぎ》ったその優《やさ》しい手の温《ぬく》もりは僕の恐怖《きょうふ》を瞬時《しゅんじ》に包み消したが、振《ふ》り返った僕は、そこにある雅孝さんの横顔に驚愕《きょうがく》する。

「聞いた質問に答えて下さい。叔父上…一連の計画はあなたが考えたんですか？」

そう、ゆっくりと問う彼の表情には感情という感情がごっそり抜《ぬ》け落ち、叔父さんを見つめる瞳の奥には、どこか残忍《ざんにん》な光が帯びていた。

まるで、仕掛《しか》けた罠《わな》に獲物《えもの》がかかったことを喜ぶような。

「わ、私が考えた事じゃない…！　専務が…あいつが言ったんだ。そこの彼を誘拐《ゆうかい》するのは、ブレーキの細工が事前に見つかって、雅孝を始末できなかった時の保険だって！　予定通りに事故が起こったようだったから、金庫にある書類を取ってこいと言われたんだ」

それから雅孝さんの叔父さんは泣きそうな声で延々と、今まで自分のしてきた事はすべて、専務とその一派が指示していた事だと話し続けた。

二年前、自分が社長になると言い出した理由のくだりを話すに至っては、雅孝さんに助けを請《こ》うように、座卓から身を乗り出してくる勢いで。

「お涙頂戴《なみだちょうだい》な作り話はそこまでにしてもらいましょうか」

いきなり雅孝さんの拳《こぶし》が座卓上に打ち付けられ、ダンッ、と激しい音と共に卓上《たくじょう》の湯飲み茶《ぢゃ》碗《わん》がすべてひっくり返る。

その勢いは、叔父さんは勿論《もちろん》、関係のない僕までが身を竦《すく》めるほどの迫力《はくりょく》だった。

「本当なんだ雅孝。私は騙《だま》されていたんだよ！　それに…私が関《かか》わっていたという証拠《しょうこ》なんてどこにも…」

「…叔父上、あなたは周りの人間…特に秘書を信用しすぎだ。この二年…いえ、その前から、つい最近に至るまでのあなたの行動の記録を洗いざらい、全《すべ》てデータ化して渡《わた》してくれたのは彼女ですよ？」

素直《すなお》に認めればいいものを…と低く呟《つぶや》いた雅孝さんは、自分の叔父に向かって断罪の刃《やいば》を振り下ろした。

唇を震わせ、肩を落とした叔父さんは、急に何歳も老け込んだように小さく見えた。

「まだ話は終わっていません」

その姿を見ていた雅孝さんの声が、今までの紳士《しんし》然としたものから一変、地の底から響《ひび》き渡るような声に変わっていく。

「…私はね、父が死に、社長になったからと言って、早々にあなたや、あなたの周りに付いている不穏《ふおん》分子を片付けようとは考えてなかったんですよ。…でも、あなたは自分で自分の首を絞《し》めるような最大のミスを犯《おか》した…それはなんだかわかるか？」

ゆらりと立ち上がった雅孝さんは、がっくりとうな垂れたままの叔父さんの首に手を置くと、グッ、と力を込め、上を向かせる。

「俺を標的にするのはいい。…欲に溺《おぼ》れた奴が考えるような計画なんて、たかが知れているからな。…でも、この人を…征也さんを狙《ねら》うとは…俺のかけた情けを無視するのなら、容赦《ようしゃ》しない…お前らを破滅《はめつ》に追いやることなんて、わけもないことだ…」

雅孝さんの口元に、静かに笑みが広がる。それを見た叔父さんの顔色が青さを通り越《こ》して白い紙のような色に変わっていった。

彼は痛いほど感じ取ったのかもしれない。雅孝さんが放った最後通牒《つうちょう》は恫喝《どうかつ》や脅迫《きょうはく》ではなく、本当に彼のすべてを粉々にしてしまうものだと。

「雅孝さん…！」

僕は咄嗟《とっさ》に彼のそばに駆《か》け寄ると、その腕《うで》に縋《すが》りついた。その途端、雅孝さんの手が緩み、叔父さんは糸の切れた操《あやつ》り人形のようにクタリとその場に崩《くず》れ落ちた。

彼が僕のためにその手を汚《よご》すなんて、僕には耐《た》えられない。

僕は夢中で首を振り続けるだけで、何も言葉にはできなかった。けれど僕の瞳の奥を見つめた雅孝さんは自身を落ち着かせるように一息を吸い込むと、目を閉じる。

「…叔父上《おじうえ》、誓約《せいやく》書にサインをしていただきます。専務達を追及《ついきゅう》する際の証人になってもらいますよ。まさかここまできて嫌だとは言いませんよね？」

雅孝さんが、苦味を帯びた口調でそう問いかけると、叔父さんは僅《わず》かに首を動かした。

「征也さん、行きましょう」

魂《たましい》が抜け落ちたような叔父さんを残し、雅孝さんは僕の手を取って立ち上がった。そして真正面の襖《ふすま》に手をかける。

「薫、後は頼《たの》む。これが誓約書だ」

次の間に正坐《せいざ》のまま控《ひか》えていた九条さんは、雅孝さんが脱《ぬ》いだスーツの上着と、その内ポケットから取り出した封筒《ふうとう》を受け取りながら、チラリと目線を上げる。

「『秘書を信用しすぎない方がいい』んじゃないのか？」

「秘書？…お前は俺の右腕じゃなかったのか？」

先ほど雅孝さんの言った事の揚《あ》げ足を取るような九条さんに、雅孝さんは振り返りざまそう言った。

そこに付随《ふずい》するのは皮肉でも冷笑《れいしょう》でもなく、信頼《しんらい》に満ちた微笑《びしょう》で。

九条さんが大笑いする声を背後に聞きながら、僕らが廊下《ろうか》に出ると、紅茶とスコーンが盛られたお皿を並べたトレイを持った修司さんが立っていた。

「おい雅孝！　お前、人にお茶を頼んでおいて、どこ行く気だよ？　薫の馬鹿《ばか》笑いが聞こえたから、頃合《ころあ》いかと思ったのに。征也くん、焼きたてのスコーンだよ、一緒《いっしょ》に食べよう？…おい、何すんだ？」

僕に向かって笑顔を向けた修司さんに、雅孝さんは無情にもトレイをひょいと奪《うば》うと、そのまま歩き出す。

「悪いが後だ。これは貰《もら》ってく」

「す、すみません、修司さん…」

慌《あわ》てて謝った僕に、修司さんは苦笑いを浮《う》かべ、『ごゆっくり』と手を振った。

「征也さん…！」

さっきまでいた和室と似たような部屋へ僕を招き入れた雅孝さんは、急いで襖を閉めると、持っていたトレイを床《とこ》の間に置いた。

そしてすぐさま僕をきつく抱《だ》きしめた。

「すみません…あなたをこんなことに巻き込んでしまうなんて…」

「雅孝さん…僕こそ…ごめんなさい…あなたが事故に遭《あ》ったって聞いて、僕、…気が付いたら雅孝さんの会社に行っていました。雅孝さんの無事を確かめたくて…」

息をするのも苦しいくらいなのに、僕は彼の腕の中で幸せに打ち震《ふる》えた。

「…あなたが俺に会いに来てくれるなんて…！　ああ、これが夢なら、二度と醒《さ》めたくない…」

僕の鼓膜《こまく》を震わせる彼の声。

僕の目を見つめる彼の瞳。

僕の髪を撫《な》でる彼の指先。

それらすべてが確かな現実となって僕の五感に触《ふ》れる。

「まさたか、さん…雅孝さん…」

　切なさで身が切られるような思いがあるなら、この瞬間《しゅんかん》がそうだ。僕はこの世で一番大切で、愛《いと》しい名前を呼ぶと、溢《あふ》れてくる涙《なみだ》の嗚咽《おえつ》を堪《こら》えた。

「僕を…許してくれますか…？　あんな勝手な事を言ったくせに、あなたに会いに来た僕を…迷惑《めいわく》だと思わないで…くれますか…？」

　弾かれたように身を離《はな》した雅孝さんが、驚愕の瞳で僕を見下ろす。そして彼は両手で僕の頬《ほお》を包むと、涙に濡《ぬ》れた僕の睫毛《まつげ》にキスをしてくれた。

「許すだなんて…そんなこと…！　征也さん、俺の方があなたにとって迷惑な存在でしかないのに…」

　違《ちが》う違う。そんなことない。その意味を込めて首を振る僕を、雅孝さんはもう一度抱きしめてくれるから、僕も彼の背中に手を回した。

「俺はこの二年の間、あなたに危害を加える輩《やから》はすべて排除《はいじょ》して、遠くからあなたを見守るだけでいいと思っていた。…でも、そんなのは建前で…本当は会いたくて会いたくて…気が狂《くる》いそうなこの思いを持て余していた…。征也さん…あなたを前にして…もう自分に嘘《うそ》はつけない…お願いです、俺にもう一度チャンスを下さい…！　あなたを愛し、あなたの傍にいられるチャンスを…」

　今起こっているすべてが夢だったら。頭上で聞こえる雅孝さんの声を聞きながら、僕はその事を何よりも恐《おそ》れていた。

僕が会いたいと思っている以上に、雅孝さんは僕に会いたいと思ってくれていた。その事実が歓喜《かんき》となって全身を駆け巡《めぐ》る。

「征也さん…？」

今言わないと、僕は一生後悔《こうかい》する。僕は彼の背に回した手に力を込めると、声が震えないようにと願いながら自分の想《おも》いを告げる。

「雅孝さんと離れている間…っ…僕は何度も自分自身を呪《のろ》いました。どうして自分からあなたの手を離してしまったんだろう…どうしてあなたに好きだと伝えなかったのかって…！」

不意に雅孝さんの手が僕の右手を摑《つか》んだかと思うと、荒々《あらあら》しく僕の唇《くちびる》を奪う。

「んぅ…は…ぁ…」

呼吸困難になるくらいの激しいキスの後、畳《たたみ》に押し倒《たお》された僕は、心ならずもブルブルと体を震わせた。

「俺が…怖《こわ》い…？」

瞳を覗《のぞ》き込む雅孝さんは、僕が知っている彼じゃないみたいだ。けれどそれは恐怖《きょうふ》を起こさせるものではない。むしろ胸が痛いくらいに高鳴ってしまう。

「怖く…ない…んっ…ぅ…」

僕が首を振《ふ》ると雅孝さんはゆっくりと顔を傾《かたむ》け、今度はゆっくりと味わうようにキスをする。

何度も思い返した、彼のキス。けれど現実のキスはとても甘くて、陶酔感《とうすいかん》で一杯になる。

「…あなたのすべてが欲しい…いいですか…？」

唇を離した雅孝さんは頰に掠《かす》めるようなキスをした後、僕の耳たぶに口付けながら囁《ささや》く。

「奪《うば》っ、て…僕の…すべてを…」

雪見障子から射《さ》し込む、残り火のような夕暮れの光が、彼の髪を金色に変えていた。僕はその低く甘い囁きにうっとりしながら目を瞑《つぶ》る。震える瞼《まぶた》に口付けられて、ため息のような吐息《といき》を漏《も》らしながら。

「征也さん…」

僕は、上からのしかかってくる雅孝さんの重みを全身で感じ、小刻みに額や頰に落とされる唇の感触《かんしょく》に、心臓は激しく脈を打ち出した。

「愛してる…」

耳をぴったり塞《ふさ》いだ彼の唇から囁かれた愛の言葉が、僕の背筋に電流を流す。それは、僕の中で眠《ねむ》っていた欲望が、ゆっくりと瞼を開けた合図のようだった。

「まさ…た…か…さん」

おずおずと彼の名を呼ぶと、雅孝さんは夢にまで見た微笑みをくれる。そのまま深いキスをされて、僕は完全に雅孝さんに堕《お》ちていく。

「ん…ふぅ…ん…」

僕の歯列を割って侵入《しんにゅう》してきた雅孝さんの舌が、僕の上顎《うわあご》を優《やさ》しく舐《な》め、僕の舌を誘《さそ》うように巻き取る。

「ん…ん…ぅ…あ…ふっ…」

唇と唇が触れ合うのがキスだと思っていた。けれど今しているキスと比べたら、僕が考えていたものはなんて軽いものだったんだろう。

舌と舌が絡《から》み合い、お互《たが》いの唾液《だえき》を呑《の》み込んで。それでも足りないと、まるで魂を奪い合うような激しいキスが続く。

「あ…ぅ…ん…はっ…ぁ…」

部屋中が、重なる口付けで甘く満たされていくようだ。畳を滑《すべ》る衣擦《きぬず》れの音が、絡み合う僕らの動きを逐一《ちくいち》知らせるようで、気恥《きは》ずかしいけれど。

「ひゃっ」

彼の手が僕の着ていたコットンセーターとTシャツをたくし上げ、指先が素肌《すはだ》に触れた時、僕は情けない声を上げてびくりと身を跳《は》ね上げた。

「…冷たいですか?」

僕の様子に、首筋から顎《あご》のラインに沿って唇を滑らせていた雅孝さんは、顔を上げて僕の瞳《ひとみ》を覗き込んだ。

「ううん…」

彼の手のひらは確かに少し冷たかったけれど、徐々《じょじょ》に熱を持ち出した僕の体には気持ちよかった。小さく首を振る僕の様子に雅孝さんは微笑《ほほえ》み、唇に小さくキスをくれる。

「あっ…！　うっ…ん…」

雅孝さんの指先が僕の胸の飾《かざ》りに触れたかと思うと、親指で円を描《えが》くように擦《こす》られる。その途端《とたん》、僕の全身が発火したように熱くなり、覚えのある疼《うず》きが下半身を直撃《ちょくげき》した。

「はっ…ん！」

弄られた胸の飾りは雅孝さんの手の中で芯《しん》を持ったように硬《かた》くなり、摘《つま》まれ、更《さら》に立ち上がるように転がされると、ツキン、と僕の体の奥にわけのわからない感覚が生まれてきた。

「んっ…あっあ…ぁ…」

それに伴《ともな》い、僕のへその辺りに覆《おお》いかぶさった雅孝さんのネクタイの先が微妙《びみょう》なタッチで擦《こす》れ、むず痒《がゆ》いようでいてひどく気持ちのいいその感触に、僕ははしたない声を上げそうになる。

「あなたのココ…赤くなって…果実のようだ…」

「いや…だぁ…そ…んなっ…あぁ！」

そのまま唇と同じように胸にもキスをされて、僕の体は咄嗟《とっさ》にずり上がる。

雅孝さんは僕の体をやんわりと押さえ込みながら、左側の乳首《ちくび》に舌を這《は》わし、もう片方は右の手のひらで擦りながら、空いた手で僕のデニムのベルトを外すと、下着の中に手を差し入れた。

「濡《ぬ》れてますね…すごく、感じてくれている…」

「やっ…ぁっ…！」

彼の手がすでに猛《たけ》っていた僕のペニスに触れた瞬間、僕は怖くて、反射的に逃《に》げようとした。

しかし官能に支配された僕の腕《うで》は思うように動かず、指先は弱々しく畳を掻《か》くだけ。

「あ…あっ…だめ、そんな…ふうに…しちゃ…ぁ…」

「どうして？…ほら、ココはこんなに素直《すなお》なのに…？」

ゆるゆると扱《しご》いて、時折緩急《かんきゅう》をつけた雅孝さんの手の動きに、快楽が思ってもみない周期でやってきて、その度に僕の内股《うちまた》の筋肉はぴくぴくと震えて引き攣《つ》れたようになってしまう。

「うっ…んぅ…はぁ…あ…ん…」

誰にも触《さわ》られた事のない僕のペニス。今、雅孝さんの手によって摑まれ、擦られ、その繰《く》り出されるような甘い刺激《しげき》に、先端《せんたん》から先走りの白い液体がみるみるうちに湧《わ》き上がってくる。

「気持ちいい…？」

雅孝さんの手の中で僕のペニスは膨《ふく》れ上がり、くちゅ、くちゅ、と淫《みだ》らな音を立てながら溢《あふ》れ出る白濁《はくだく》の蜜《みつ》が、彼の手の甲《こう》をとろとろと滴《したた》り落ちていく。

「う…ん…ん…ぅ」

覚えたての快感は想像以上で、僕はガクガクと首を縦に振りながら、喘《あえ》ぎ声がこれ以上出ないよう、口を手のひらで塞いだ。

「征也さん…どうしてそんなことを…?」

雅孝さんの手が僕の口元を覆った指先を摑み、外そうとするから、僕は嫌々、と首を振る。他人の手に性器を弄られ、女の子のように喘いでいる僕。そんな自分にいたたまれない気持ちでいっぱいだからなんて、言えやしない。

「言ったでしょう? 俺はあなたのすべてが欲しい…」

摑んだ指先を、ねっとりと絡みつくような動きで彼の舌が蠢《うごめ》く。舌を這わせながら僕を見る目線は獲物《えもの》を捉《とら》えた獣《けもの》のようで、僕はゾクリと身を竦《すく》ませる。

その直情的な眼差《まなざ》しに見つめられたら、抵抗《ていこう》なんてできやしない。僕がゆるり、と力を抜くと、雅孝さんはこの上なくセクシーな笑《え》みを浮《う》かべた。

そして僕の指先を解放すると、自身の指先を僕の下唇に置き、ツッと顎から首、鎖骨《さこつ》のくぼみまで一直線に滑らす。その官能的な指遣《ゆびづか》いに僕のペニスからますます蜜が滴り落ちた。

「あなたの…切なく喘ぐ声だって…この、かわいく震《ふる》えているペニスだって…」

雅孝さんは熱っぽく囁きながら、握《にぎ》っていた僕のペニスの先端を親指で押し潰《つぶ》すのと同時に、もう片方の手で右の胸の飾りを強く摘んだ。

「ふ…あんっ…! ああ…ぁ…ん――――!」

雅孝さんの指が、声が、激しく僕を追い詰《つ》め、突然襲《とつぜんおそ》った二つの強い刺激に、僕の頭は真っ白になる。

「…あっ、はあっ…はっ…うぅ…ん…」

びくん、びくん、と揺《ゆ》れる体ごと雅孝さんは受け止めてくれ、長い放埒《ほうらつ》が終わると僕は初めて他人の手でイッてしまった衝撃《しょうげき》でぐったりとしていた。

「…あなたの…気持ち良い時の顔だって、全部欲しいんです…」

僕のこめかみにキスをする雅孝さんに対して、僕は泣き出しそうなくらい、恥《は》ずかしい。

雅孝さんは身を起こし片手で器用にタイを解くと、着ていたワイシャツを脱《ぬ》ぎ、僕の放ったものを拭《ぬぐ》い取る。そして胡坐《あぐら》をかき、僕の体をその上へ載《の》せるとぎゅっと抱きしめた。

「征也さん…俺の、かわいい…いとしいひと…」

雅孝さんの素肌に触《ふ》れ、僕はそこから立ち昇《のぼ》る男らしい、魅惑《みわく》的な香りを胸いっぱい吸い込む。

「…あ…」

僕の体を抱いていた雅孝さんの片方の手が、スッ、と背骨に沿って下りていく。そのままデニムと下着をずり下ろした指先が、僕の後ろへ触れたのを感じ、ゾクリと肌《はだ》が粟立《あわだ》った。

そこで、一つに繋《つな》がるんだ——期待と不安が入り混じった複雑な気持ちを抱《かか》えつつ、僕はそろりと腰《こし》を浮かせ、膝《ひざ》で立った。

「ん…んっ…あ…」

それからしばらく、お尻《しり》から後孔の表面を撫《な》でるだけの動きが続き、それがひどくじれったたいと感じていたら、雅孝さんの指が少しだけ侵入してきた。

「征也さん…ゆっくり入れますから…力を抜いて…」

怖《こわ》くないと言えば嘘《うそ》になる。けれど僕の首に顔を埋《うず》めた雅孝さんの息遣《いきづか》いが、敏感《びんかん》になった僕の肌に媚《び》薬《やく》のように染《し》み込み、僕の体から強張《こわば》りを奪《うば》う。

ふいにカタン、と音がして、雅孝さんが床《とこ》の間に置いたままのトレイから何かを取り上げたのが見えた。小さな瓶《びん》からとろりとした黄金の液体を、彼の長い指が掬《すく》い上げる。

「…あま…い…」

それがハチミツだ、と分かったのは、蜜を絡めた彼の指が僕の唇《くちびる》を撫でたから。

「ふぅん…ん…」

「ええ…でも、あなたの唇の方が…もっと甘くて…おいしい…」

そのまま口付けられ、ねっとりと舌で口腔《こうこう》内を柔《やわ》らかく舐《な》められた。何度も出し入れするその動きに、僕の体は温かなゼリーのようになる。

「んんっ…んぅ！」

タイミングを見計らうように、ズ…ッ、と彼の指先が僕の後ろにゆっくり突《つ》き立てられ、僕はその異物感に背中をしならせた。

「あっ…あ…はっ…ん…」

胸を突き出した恰好《かっこう》になった僕に、ちゅ、と紅《あか》く色づいたまま立ち上がっている飾りに口付づけた雅孝さんは、口の中でそれを転がすように舐めた後、カリッ、と歯を立てる。

痺《しび》れるような甘い痛みと共に、僕のペニスが敏感に反応し始めた。雅孝さんの愛撫《あいぶ》を受け、快感を受信したアンテナのようにそれは高く反りたっていく。

「あ…あっ…あっ…ん！」

ハチミツを絡《から》めた指が僕の後ろを柔らかく解《ほぐ》そうと動き出し、その度《たび》に、にち、にちっ、と卑猥《ひわい》な音を立てている。内部の襞《ひだ》を撫で擦《さす》る指の動きがダイレクトに伝わってきて、僕の意識は羞恥《しゅうち》と快楽の狭間《はざま》で妖《あや》しく揺れだした。

「征也さん…ゆび…二本入ったの…わかりますか…？」

「んあ…も…っ…あんっ…それ…やだぁ…！」

雅孝さんは丹念《たんねん》に僕の後ろを弄《いじ》ると、指を抜いてはハチミツを取り、それを奥に送り込むように指でくちゃぐちゃとかき混ぜていく。もうさっきから熱く爛《ただ》れたような感覚が僕を支配していて、痛みに勝《まさ》る疼《うず》きを腰の奥に感じ始めていた。

「あっ…あっ…はあああっん！」

指が三本に増やされた頃《ころ》、僕の内部にある、コリッ、とした何かを彼の指先が撫で上げた。

その瞬間《しゅんかん》、堪《たま》らないほどの強い快楽が襲《おそ》い、僕は嬌声《きょうせい》を上げながら欲望の塊《かたまり》を吐き出していた。

「なに…？　僕…変に…なっちゃ…た…っ…」

ペニスを触られてもいないのに、僕は二回目の絶頂を迎《むか》えた。その原因が何なのか分からず、混乱した僕の目から涙《なみだ》が伝い、ガクリと膝が崩《くず》れ落ちる。

「征也さん…あなたは素直に感じてくれただけ。…ちっとも、変な事なんてないんですよ。それだけ、俺を好きでいてくれているってことだから…」

宥《なだ》めるように言いながら、彼は唇で僕の唇を甘く噛《か》むと、僕の頰《ほお》を伝う涙を拭っていく。

僕は初めてなのにこんなに感じるものなのかと不安に思ったけれど、雅孝さんの言う事は本当だ。僕は彼が好きで、彼の指先一つでこんなにも乱れてしまう。

「まさ…たか、さん…ふっ…ん…」

その柔らかな感触《かんしょく》が心地《ここち》よくて、僕はしばらくの間涙が止まらなかった。そのまま優《やさ》しく体を倒《たお》され、デニムと下着を完全に取り払《はら》われると、腰の辺りに散らばった服を入れられる。

「征也さん…息をはいて…そう…そのまま、力を抜いて…」

抱え上げられた足の間に、ドクリと脈打つ、熱くて硬《かた》い雅孝さんのモノを感じた。それはゆっくりと、でも確実な質量で僕の中に挿入《そうにゅう》されていく。

「んっ…いっ…あっ…ああっ…くっ…」

「征也さん…っ…息を…そう、上手です…」

ぎちり、と嵌《は》め込まれる重圧に、苦しくて息ができない。そんな僕に雅孝さんは頰や胸を優しく何度も撫で擦りながらキスを落とし、ペニスから双球《そうきゅう》をやわやわと揉《も》みしだく。

「は…ぁ…ん…あっ…んんっ…!」

その力が抜けた一瞬を逃《のが》さず、雅孝さんは一気に自身を僕の最奥《さいおう》まで埋め込んだ。

「大丈夫《だいじょうぶ》…？」

すぐに擦り上げようとせず、雅孝さんはしばらくの間僕の髪を優しく梳《す》いてくれる。

僕の下腹部で雅孝さんの分身が息づいているのを感じる――それは堪らなく淫らなのに、なんて気持ちがいいんだろう。

上がった息は徐々《じょじょ》に収まり、僕は返事の代わりに彼の背中に手を回した。

「征也さん…ゆき…や…」

ゆるり、と動き出した雅孝さんの腰の動きは、徐々にスピードを上げ、僕の内壁《ないへき》を激しく擦り上げた。抽出《ちゅうしゅつ》と挿入を繰《く》り返す、ただそれだけのことなのに、こんなにも熱くて感じる。

「あぁっ…あっ、あっ、あんっ…あっ…んっ…！」

「も、う…止まらない…！」

足を折り曲げるようにしてほぼ真上から注入を繰り返す雅孝さんの動きは、指とは比べ物にならないほどの快感を僕の奥底に伝えた。

「あぁっ…あっ、そこっ…がっ…あぁあっん…あっ、やあぁ…んっ…」

火柱のような雅孝さんのペニスが、僕の快楽のポイントをぐいぐいと押し上げるだけでも堪らないのに、彼の引き締《し》まったお腹《なか》の筋肉が、勃起《ぼっき》した僕のペニスを擦り上げるから、僕の絶頂への道のりは早い。

「まさ、たか…さんっ…も…僕っ…」

「ええ…俺も…！」

「あっ、ああっ…んぅ…っ…！」

濁流《だくりゅう》のような熱い流れが最奥に叩《たた》きつけられたのとほぼ同時に、ぴったりと重なった僕らのお腹の間に、僕の欲望が解き放たれる。

それらを感じながら、僕の意識はゆっくりと闇《やみ》に沈《しず》んでいった。


目が覚めた時、彼がいなかったらどうしようと思ったけれど、肌に触《ふ》れる温かな彼の体温と間近に見える睫毛《まつげ》に、僕は安堵《あんど》のため息を漏《も》らす。

あの後、どうやって移動したのかわからないけれど、気が付いた時、僕はさっきまでいた和室から見慣れぬ洋室へ——天蓋《てんがい》付きの大きなベッドに横たえられていた。

再びその上で彼と体を重ね、数え切れないくらいのキスを交《か》わしたことが、僕の脳裏《のうり》におぼろげながら甦《よみがえ》ってくる。

やっぱり、すごい綺麗《きれい》。

着痩《きや》せする雅孝さんの体はいつか見た通り、肩から筋肉がしっかりついていた。僕はそうっと僕を包んでいる腕《うで》のラインを指で撫でてみる。

その途端《とたん》、うっすらと目を開けた雅孝さんと目が合った。

「…おは、よう…」

カーテンを引き忘れた窓の外は、まだ薄暗《うすぐら》い。なのに僕は至近距離《きょり》の雅孝さんの顔にドキドキして、思わず朝の挨拶《あいさつ》をしてしまう。

雅孝さんは黙《だま》って僕を引き寄せると、深い角度で僕の唇にキスをした。

「ん…っ…」

雅孝さんは貪《むさぼ》るように僕の唇を奪う。静かな室内に僕らの息遣いと舌を絡ませる音が、やけに大きく響《ひび》く。

「ふ…んっ…んぅ…」

彼のキスは麻薬《まやく》だ。いけないとわかっていても、欲《ほっ》する気持ちを止められない。僕は息も切れ切れ、彼のキスに拙《つたな》く応《こた》えることしかできないけれど。

「あ…まさたか、さんっ」

彼の指が、さっきまで何度も彼の欲望を受け止めた場所へ、再び埋《うず》められる。僅《わず》かな抵抗《ていこう》の後、するりと入った僕の体の奥で、水音がする。

「やっ…ぁ」

くちゅり、くちゅ、と音を立てる雅孝さんの指の動きに合わせるように、僕の下半身から全身へ、甘い疼きが侵食《しんしょく》していく。

「…そんなに締め付けないで」

いつもより低い声で雅孝さんは恥《は》ずかしい言葉を僕の耳元で囁《ささや》きながら、指を抜《ぬ》き差しし、時折ぐるりとかき回す。

「あっ…ん」

昨夜の、熱く爛れるような情交を経《へ》て、僕の体は早くも雅孝さんの仕掛《しか》ける愛撫に順応してしまう。トロ…と僕の後ろから流れ出したモノでさえ、今の僕には恥ずかしさの陰《かげ》で喜びに胸が震《ふる》える。

「ゆきや…さん…このまま…」

彼の唇《くちびる》が僕の胸の飾《かざ》りを啄《ついば》み、チュッと音を立てては、また口に含《ふく》む。キャンディを口の中で蕩《とろ》けさすような舌使いに、僕の体は小刻みに震えた。

「あっ…あぁ…う…んぅ…」

いい？　と僕の目を覗《のぞ》き込む彼の目には、昨夜と同じか、それ以上の熱情が見え隠《かく》れしている。僕はその視線に洗脳されたように、喘《あえ》ぎ声を上げながら腰《こし》を揺《ゆ》らめかせた。

早く、僕の中の嵐《あらし》を、彼のモノで鎮《しず》めてもらうために。

早く、僕の中で彼をいっぱい感じるために。

「ん…んっ…くっ…うぁ…ん！」

膝《ひざ》を持ち上げられ、グッ、と彼の灼熱《しゃくねつ》の剣《つるぎ》が僕の後ろに突《つ》き立てられる。

彼のすべてを性急に埋め込む行為《こうい》に、僕の体はまだ慣れていなかったけれど、彼を食《は》んでゆく僕の後ろは期待に打ち震えていた。

「征也さん…どうしてほしい…?」

「え…あっ…」

昨夜、何度目かの情交の最中《さなか》、雅孝さんが僕に教えた言葉がある。

それを言うことに僕は抵抗したが、さんざん意地悪をされ、結局泣きながら言わされたのだ。

「どう言うんでした…?」

今も彼はイタズラっぽく後ろを緩《ゆる》く浅く抜き差しするだけで、わざと肝心《かんじん》なところに当たらないように動かす。まるで僕の欲望をじわじわと炙《あぶ》り出すかのように。

「やだ…言え…ない…」

一度言ったのだから同じだと思いつつも、僕は首を振りつつ許しを請《こ》う。

激しく突かれて、快楽に溺《おぼ》れている時ならまだしも、こんな正気に近い状態で言うなんて!

「言って…そうしたら征也さんの好きなようにしてあげますよ…」

雅孝さんはこの状況《じょうきょう》を楽しんでいるように小さく笑うと、蜜《みつ》を滴《したた》らせ始めている僕のペニスをゆるゆると扱《しご》いた。そして、根元を指で作った輪で塞《せ》き止めてしまう。

「はっ…ん…!」

その上、塞き止めた手はそのままに、もう片方の手の親指で溢《あふ》れた蜜を絡《から》ませると、そのまま僕の乳首《ちくび》の周りをゆったりとなぞる。

「あ…だめ、だ…そんな、トコっ…」

嬲《なぶ》るように乳首を弄《いじ》り、立ち上がり、尖《とが》った乳首を人差し指と中指の間に挟《はさ》みこみ、強弱をつけた力で弄られる。

「そこっ…やっ…あぁ！」

追《つ》い詰めるような快感に僕の体はガクガクと揺れ、頭の中は淫《みだ》らな感情でいっぱいになる。

「俺のこと、欲しがってくれないんですか…？」

囁きながら僕の耳に舌を差し入れた雅孝さんが、ぴちゃり、と耳たぶを舐《な》め上げる行為に、僕は理性と言う鎧《よろい》を、羞恥《しゅうち》という兜《かぶと》を脱《ぬ》がされていく。

もう、何一つ考えられない。もう、何一つ、抵抗できない。

身も心も丸裸《まるはだか》になった僕は、彼の首にしがみ付きその耳元に唇を寄せると、いっぱい突いて…と消えそうな声で言った。

「…よくできました」

雅孝さんはご褒美《ほうび》のキスをすばやく落とすと僕の膝を抱《かか》え上げ、埋め込んでいたモノをギリギリまで引き抜き、一気に差し込む。

「ひっぃ…うっ…ん！　あっ、あっ、あああっ！」

リズムを付けて、続けざまに熱い楔《くさび》をねじ込まれ、内部をかき回される行為に息を呑《の》む。がくがくと揺すぶられながら僕は、離《はな》れて行こうとする彼のペニスを夢中で追いかけた。

「んっ、んぅんっ…あっ、あっ…！」

雅孝さんの引き締まった腰から繰り出す律動が僕を穿《うが》ち、彼を受け入れた内部が燃えるように熱い。

「奥…あっ…い…よ…まさたか…さんっ…」

「ええ…あなたの中…トロトロで…溺れそうだ…」

徐々《じょじょ》に激しくなる腰遣《こしづか》いに、何かを注ぎ込まれているようだ。僕は雅孝さんの首に縋《すが》りつくようにして、彼の激しい息遣いを頬《ほお》に受けた。

僕の後ろの一番いいところに彼のモノがあたり、僕は熱に浮《う》かされたように何度も『もっと』を繰《く》り返した。

「征也さ、ん…いっしょ、に…」

雅孝さんの手が、快感に喘ぐ僕のペニスを掴《つか》み、最奥《さいおう》へ腰を打ちつけながら強く扱《しご》く。僕は二重の快楽の波に襲《おそ》われ、頭からつま先に電流のようなものが駆《か》け抜ける。

「あっ…あぁ…ん――――――――！」

「くっ…！」

ドクン、と僕の体は跳《は》ね上がり、僕と雅孝さんの間に白い飛沫《ひまつ》が飛び散ると、少し遅《おく》れて僕の体の奥に、熱いマグマのようなものが放たれた。

「ふっ…んぅ…ん…」

抱《だ》きしめられて、僕は荒《あら》い息を雅孝さんの胸に吐《は》き出す。体をゆっくり離して、雅孝さんは僕の額にキスを落とす。

繋《つな》がっていた体が離れていくのは少し寂《さび》しい気がする。僕が痺《しび》れている腰を雅孝さんの方へすり寄せると、彼はぎゅっと僕を胸の中で包み込んでくれた。

「すみません…抑《おさ》えが…きかなくて…」

情熱の名残《なごり》が、雅孝さんの目元に残っている。僕が首を振ると顎《あご》に手がかけられ、そのまま口付けが降りてくる。

「征也さん…」

雅孝さんの手が僕の頬を優《やさ》しく撫《な》で、僕はこのままずっと彼の腕の中にいたいと思っていた。

「…お腹《なか》、空きました？」

今までの気だるく、甘い余《よ》韻《いん》をかき消すように、僕の空腹の虫が暴れだすまで。


「…なんか、みっともない…」

ムードをぶち壊《こわ》した僕の空腹感に、自分の事ながら呆《あき》れてしまう。

「どうして？　自然なことですよ」

二人で部屋に付いていた浴室でシャワーを浴びた後、下半身に力の入らない僕をいつかのように横抱きした雅孝さんは、笑いながら僕を朝の空気が堪能《たんのう》できる庭に連れ出してくれる。

そこにある小さなテーブルに僕を座らせると、彼は少し待っていて下さいね、と言ってどこかへ消えた。

木々のさざめきと鳥の囀《さえず》り以外、何も聞こえてこない。朝日が差し込み、少しひんやりとした爽《さわ》やかな空気が庭全体を漂《ただよ》っていた。

「お待たせしました」

しばらくして戻《もど》ってきた雅孝さんが手にしていたトレイには、カリカリのベーコンとオムレツ、そしてブルーベリーにヨーグルトがかかったものがのせられていた。

それらをテーブルに並べた時、僕のお腹は、ますます大きな音を立てる。

「あり合わせのものしかなくてすみません」

「そんなこと！　すごく、おいしそう」

パンの入った籠《かご》を脇《わき》に置き、雅孝さんはグラスにオレンジジュースを注いでくれる。早速《さっそく》彼の作ってくれたオムレツにナイフを入れると、なんとも言えない良い匂《にお》いがした。

それからしばらくは僕らが動かすナイフとフォークの音だけが響《ひび》いていたが、ふと顔を上げた時、食べる手を止めた雅孝さんが、僕を見つめていることに気付く。

「どうしたの？」

僕が同じように食べる手を止めると、雅孝さんは笑って、首を振った。

「…なんだか、夢みたいだな、って思ったんです。…征也さんとまたこうして二人で朝食を食べているなんて」

「僕も…」

洗い立てのシャツに、風が通り抜《ぬ》ける。肩《かた》に羽織った薄手《うすで》のカーディガンを含め、雅孝さんが用意してくれたものは、僕には少し大きい。

「…気持ちのいい庭だね。あの…家の庭と似てる…」

日本家屋の奥に建てられた、離れの洋館。その裏にあるハーブやバラが自然のように群生する庭は、僕らが過ごした、あの屋敷《やしき》と同じもののように感じた。

「この庭は、母が造らせたものです。お気に入りの…あなたと俺が暮らした家と、同じものが欲しかったんでしょう。…オリジナルは向こうなんですよ」

雅孝さんは風の吹《ふ》いてくる方向に顔を向ける。その横顔には今は亡《な》き母親の孤独《こどく》を思ってか、どこか寂しげで、僕は胸が痛くなった。

「…病院から戻った父は、午後は毎日ここで過ごしていました」

続けて、憎《にく》んでいたはずの父親の話が彼の口から出た時、雅孝さんの目にはもう暗いものはなく、そこにあるのはただ静かな、哀悼《あいとう》の念だけ。

「お父さんとは…」

「解《わか》り合う、というところまでは正直、なれませんでしたね。俺もあの人も、あまりに長い間心が離れていましたから。…けれど、良くて半年しかもたない、と言われていた父が二年も生きた。それだけが俺にとって救いです…」

僕は席を立つと雅孝さんの傍へ行き、そっと、彼の頭を抱き寄《よ》せた。雅孝さんの腕が僕の腰《こし》に回され、僕らは吹いてくる四月の風の中、そのままただじっと目を閉じていた。

「いつまでも一緒《いっしょ》にいたい…」

僕は首を垂れて、祈《いの》るような気持ちで雅孝さんに告げる。

幼い頃《ころ》に誓《ちか》った約束を、今度こそ叶《かな》えたい。

僕はまだ爪先立《つまさきだ》ちで、雅孝さんのすべてを支えきれるほど大人《おとな》じゃない。けれど、繋いだ手を今度こそ離すことなく、いつまでも一緒に歩いていきたいんだ。

「…そんなこと…俺の中では決まっていたことですよ」

顔を上げた雅孝さんが笑う。僕は彼の頬を両手でそっと持ち、その額にキスをした。目を閉じた彼のまぶたにも口付け、ゆっくり頬にも唇《くちびる》を押し当てる。

「唇にも…」

うっとりと、彼が囁《ささや》く。僕がそっと唇に触《ふ》れると、雅孝さんは強く僕の腰を引き寄せ、キスを深いものにした。

「征也さん…」

唇を離した後も、僕らは指先を絡《から》め、またどちらからともなくキスをする。

「愛している…」

僕らは誓いを立てるように何度も何度も口付けを交《か》わし、愛の言葉を紡《つむ》ぐ。

「また、あの家で暮らしましょう。俺と、征也さんと、ピートで…」

立ち上がった雅孝さんは僕を抱きしめ、ゆったりと囁く。そして僕らはそのままスローダンスのようにゆらゆら揺《ゆ》れていた。

「うん…僕らと…ピート…ああっ！」

僕は彼の胸の中に頬を寄せうっとりとしていたが、急にガバリ、と身を起こす。

「征也さん？」

どうしたんですか？　と目を丸くした彼に、僕は慌《あわ》てて彼のシャツを摑んだ。

「どっ、どうしよう！　僕、昨日家に帰っていないからっ…ピート、お腹すかして…!」

僕は飼い主失格だ。自分のことばかり考えて、ピートをほったらかしにしてしまった。部屋で寂しく鳴いているピートを想像し、僕は今にも泣きそうになってしまう。

「征也さん、征也さん！　落ち着いて…今からピートを迎《むか》えに行きましょう。今から行けば、二時間ほどで行って帰って来られますよ」

「でも、仕事が…それに、昨日のこともあるし…」

不穏分子《ふおんぶんし》を炙《あぶ》り出す為《ため》とはいえ、あの誤情報でパニックになった人もいたかもしれない。

やっぱり一人で行くから、と言った僕の意見を雅孝さんは即座《そくざ》に却下《きゃっか》する。

「ピートも、俺の大事な家族ですよ。それに昨日の理由はちゃんと考えてあるから大丈夫《だいじょうぶ》です」

「…理由って？」

『家族』という言葉に喜びを感じつつも、僕は雅孝さんが用意している理由というものに一抹《いちまつ》の不安がよぎる。

「『エイプリルフールの余興』です」

「エイプリルフールぅ？　雅孝さん、それ本気で言うつもりじゃ…」

僕は彼の変わらないエキセントリックな思考回路に、呆れを通り越《こ》して心配になった。確かに昨日は四月一日だけど、一体何人の人がそのシュールな冗談《じょうだん》を理解してくれるのだろう？

「海外では、毎年それ用のニュースを流すところもあるんですよ？　いつかは忘れましたけど、『パスタの木からパスタが大量に収穫《しゅうかく》されました。今年は大豊作です』ってヤツが一番傑作《けっさく》でした」

雅孝さんは声を上げて笑うと、僕の頬《ほお》に音をたててキスをする。

「…まったく…しょうがない社長さんだなぁ…」

僕はそうぼやきながらも雅孝さんに向かって微笑《ほほえ》むと、彼の手が、僕の手を握《にぎ》りしめた。

見上げた空はどこまでも青く澄《す》み切っていて、僕らの幸せな未来を映し出す鏡のようだった。

# 終章

「…先生、お久しぶりです」

梅雨の晴れ間は、やがて訪れる次の季節を予感させるかのようだった。

夕焼けが霊園《れいえん》内に立ち並ぶ墓石をオレンジ色に染め、奥に見えるハナミズキの木々には、縁《ふち》がほんのりピンクに染まった花がたくさん付いていた。

僕と雅孝さんは、父さんのお墓の前で手を繋《つな》いだまま、並んで立つ。

「この数年、ご無沙汰《ぶさた》していたことを許してください。俺は…ここに来たら、抑《おさ》えている気持ちが暴れだしそうで…怖《こわ》かったんです…」

雅孝さんは父さんの墓石に向かって話していたけれど、その独白は僕に語りかけているようにも聞こえる。僕は雅孝さんの手を握る力をほんの少し強くした。

「けれど、迷い続けた俺に征也さんが勇気をくれました。…先生、あなたの代わりにはなれませんが、俺はこの人をずっと守っていきたいんです」

僕は祈るように目を閉じ、頭をたれる。

雅孝さんのお父さんの四十九日法要が執《と》り行われるのを待って、僕らは養子縁組《ようしえんぐ》みをすることにした。そして今日、それが成立した僕らは、晴れて本当の『家族』になった。

僕が将来父さんと同じお墓に入ることはなく、もちろん母さんとも違《ちが》う。そのことに少し寂《さび》しさを感じないわけじゃないけれど、後悔《こうかい》はしていない。

僕が『家族』として選ぶのは、雅孝さんただ一人だけだから。

父さんのお墓を取り囲むように、エンジェルス・トランペット・ツリーの花がいくつも垂れ下がっている。

その白い花と対照的に黒いスーツ姿の僕らは、しばらくの間寄り添《そ》いながら佇《たたず》んで、時の流れに身を任せていた。

「ニャー」

「ピート！」

不意に大きな葉の間から遊び疲《つか》れた様子のピートが飛び出し、僕らの方へ駆《か》けてくる。

「お前、どこに行っていたんだ？」

雅孝さんがその体《だ》を抱き上げ、頭を撫《な》でると、彼は嬉《うれ》しそうにゴロゴロと歌いだした。僕は、彼の毛についた葉っぱや小枝を払《はら》ってやる。

「…そろそろ行きましょうか」

雅孝さんはピートを抱きながら、もう片方の手を僕へと伸《の》ばしてくれる。僕は頷《うなず》きながらその手を取った。

僕らが帰るところは、これからもずっと同じ。

そのことにこの上ない幸せを感じながら、僕らは父さんのお墓を後にした。

# あとがき

はじめまして。この度《たび》は私の拙《つたな》い話を読んでいただき、ありがとうございます。何もかもすべてが初めての経験ばかりで、あとがきを書くにあたっても、「どうしよう…」とプルプルしています。

というのも、『あとがき』を最初に読むか、最後に読むか？　という話を友人達としたことがあるのですが（ちなみに私は最後に読む派）、最初に読む派は、今、正にここから読んでいるということ？　そう考えたら…ああ、めっちゃ緊張《きんちょう》するんですけど…。

しかし何かいいネタはないか（すみません、関西人なもので…）、と必死に考えたところで、所詮《しょせん》は普通《ふつう》に暮らしている腐女子《ふじょし》。突飛《とっぴ》な事件に遭遇《そうぐう》するはずもなく、結局、「作品のこぼれ話…かな」という平凡《へいぼん》なネタしか思《おも》い浮《う》かびませんでした（苦笑）。

というわけで話の発端《ほったん》は、とある夜。私はカフェで友人二人（もちろん腐女子）に、BLの山場・Hシーンにおける小道具について相談（公共の場でそんなことをするなよ、という突《つ》っ込みは百も承知です）していました。

私：『あんな、征也は初めてやから潤滑油《じゅんかつ》が必要やと思うねん。でな、使うとしたらどれがいいと思う？　①クロテッドクリーム。②ブルーベリージャム。③ハチミツ』
友人達：『クロテッドクリームはすぐ溶《と》けちゃいそうやから、肝腎《かんじん》の用を成さない気がする。ジャムは捨てがたいけど…果肉が…アソコに入るのはちょっとマズイやろ…』
というわけで、あそこのシーンはハチミツを使いました（どこなのかは本編参照）。
あ、勝手に書いておいて何ですが…あの、皆様大丈夫《みなさまだいじょうぶ》ですよね？　潮干狩《しおひが》りが出来るくらいドン引き、なんてことはないですよね？

訳が分からなくなってきた内容を修正すべく、御礼《おれい》へ移りたいと思います(汗)。

まずは何と申しましても、担当様と編集部の皆様！　最大級の御礼を申し上げます。大変お世話になりました！　これからもどうぞよろしくお願い致《いた》します。

続いて、挿絵《さしえ》を描《えが》いて下さった、明神翼様。自分の書いた人物が、目に見えて表現されるなんて感動です！　細やかなお心遣《こころづか》いもしていただき、ありがとうございました。


友人達へ。TNちゃん、TKちゃん、Uちゃん。色々と相談に乗ってくれてありがとう！

Nちゃん。あなたにはどれだけ感謝の言葉を連ねても足りないような気がします。あなたの励《はげ》ましが、今日までと、これからの私を形作っています。月並みですが、ありがとう。

応援《おうえん》してくれた人達全員の名前を書けないのが残念ですが、平伏《へいふく》して御礼を。
そして最後に、この本を手に取って下さった皆様。本当にありがとうございました！

KADOKAWA RUBY BUNKO

僕《ぼく》のあしなが王子様《おうじさま》
河合《かわい》ゆりえ

角川ルビー文庫 R115-1　14713

平成19年6月1日　初版発行

発行者——井上伸一郎
発行所——株式会社角川書店
東京都千代田区富士見2-13-3
電話/編集(03)3238-8697
〒102-8078
発売元——株式会社角川グループパブリッシング
東京都千代田区富士見2-13-3
電話/営業(03)3238-8521
〒102-8177
http://www.kadokawa.co.jp
印刷所——暁印刷　製本所——BBC
装幀者——鈴木洋介



ISBN978-4-04-453001-3　C0193　定価はカバーに明記してあります。

KADOKAWA RUBY BUNKO

# 角川ルビー文庫

いつも「ルビー文庫」を
ご愛読いただきありがとうございます。
今回の作品はいかがでしたか？
ぜひ、ご感想をお寄せください。

〈ファンレターのあて先〉

〒102-8078 東京都千代田区富士見2-13-3
角川書店 ルビー文庫編集部気付
「河合ゆりえ 先生」係